우리가
알아서
잘 살겠습니다

**WIFE & HUSBAND
FEMINIST LIFESTYLE**

우리가
알아서
잘 살겠습니다

❤
WIFE &
HUSBAND
FEMINIST LIFESTYLE

차아란
에세이

어느
페미니스트 부부의
좌충우돌 성장기

_____ txt.kcal

FEMINIST LIFESTYLE

CONTENTS

CHAPTER 1

어디에도 있는 90년생

CHAPTER 1

어디에도 있는
90년생

WIFE & HUSBAND
FEMINIST LIFESTYLE

백말띠 여자는
드세다?

나는 딸 둘인 집의 장녀다. 내가 태어난 1990년은 역대 최악의 남녀 성비를 기록한 해다. 그해 남녀 성비는 116.5였는데, 이는 여아 100명 당 남아 116.5명이 태어났다는 것을 의미한다. 그중에서도 내가 태어난 지역은 130.7로 그 차가 유독 심했다. 이렇게 성비가 불균형하게 된 데는 남아선호사상은 물론 1990년생 백말띠 여자아이는 팔자가 드세다는 속설이 한몫했다.

"그때 백말띠 여자아이 안 낳을라고 병원이 엄~청 북적거렸다."

엄마는 나를 낳던 날을 떠올릴 때마다 꼭 이 말로 운을 뗐다. 사실 나는 90년생이지만, 백말띠가 아니다. 내가 태어난 날은 양력으로는 90년 1월이지만, 음력으로는 12월 말로 이때 태어난 아이들은 뱀띠에 해당한다. 그래서인지 나를 낳기 위해 병원에 입원하고 보니 제왕절개를 해서라도 예정일보다 일찍 출산하려는 딸 가진 산모들로 북적였다고 했다.

"그럼 엄마도 나 낳을 때 띠 생각해서 제왕절개했어?"

"아니? 난 그런 거 안 믿는다. 세상에 그런 게 어딨노. 니는 예정일에서 보름이나 지났는데도 안 나와서 제왕절개했다."

사실 엄마에게 백말띠 속설보다 무서운 건 아들 바라는 시어머니였지 않을까. 친할머니는 내가 태어났을 때 딸이라고 해서 별다른 말씀을 하진 않으셨다. 그러나 엄마가 동생을 가졌을 때는 내심 아들을 기대하시는 눈치셨다.

"남들은 잘만 감별해서 알아 오드만."

친할머니의 말에 부모님은 부랴부랴 태아 성별을 감별

해 준다는 병원을 찾아갔다. 당시 태아 성별 감별은 불법이었으나 엄마들 사이에서는 병원 리스트가 암암리에 공유되었다. 감별을 가는 시기는 대략 임신 3~4개월 사이. 5개월이 지나면 낙태가 어려워서 보통 그전에 감별을 하러 갔고, 딸이면 그 자리에서 낙태해 주었다고 한다. 엄마들 사이에 병원만 공유되는 것이 아니었다. 엄마가 성별 감별을 하러 간다고 하자, 엄마의 친구는 한 가지 팁을 전해 주었다.

"성별을 안 알려 주려고 하면 '둘째도 딸인 것 같아서 지우려고 한다'고 말하면 돼. 아들이면 의사가 '딸 아닌데요?'라고 할 테니까."

엄마의 태아 감별 결과는 '딸'이었다. 그러나 이걸 다행이라고 해야 할까. 의사는 엄마가 전치태반*이어서 낙태를 할 경우 수술 시작한 지 수 분 안에 산모가 죽을 것이라고 했다. 혹시나 하는 마음에 다른 병원에 가 봐도

----
* 전치태반 : 태반의 위치가 비정상적으로 자궁경부를 덮거나 매우 가까이 위치한 경우.

같은 의견이었다. 결국 부모님은 낙태를 포기했다. 엄마는 전치태반에 임신 당뇨까지 와서 제대로 먹지 못하며 고생한 반면, 동생은 뱃속에서 무럭무럭 자라 4.8kg의 과체중아로 태어났다. 임신 당뇨와 출산으로 고생한 엄마는 동생을 낳고 나서 몰골이 말이 아니었다. 오죽하면 그 모습을 본 친할머니가 아들 낳으면 지어 주겠다고 한 한약을 지어 주셨을까. 우여곡절 끝에 태어난 동생은 온갖 애교와 재롱으로 부모님을 살살 녹이는 자식으로 자랐다. 한 번씩 동생은 애교를 피우며 자신을 낳은 게 정말 다행이지 않냐고 부모님께 재차 확인했다.

"그러게. 니 낳아서 참 다행이제. 근데 그땐 진짜 유산이 횡행했다. 내 세대에 나처럼 유산 한 번도 안 해 본 사람 진짜 드물다카이."

엄마는 낙태 대신 유산이라는 표현을 썼다. 어떻게 그런 세상이 있었는지, 이야기를 듣는 내내 믿기지 않았다.

"엄마, 그럼 나는 어떻게 딸인 거 알고서도 낳았어?"

"보통 첫째들은 첫아이니까 잘 안 지운다. 그래서 의사들도 첫째면 성별 잘 갈켜 주고 그랬다."

딸인 내가 태어날 수 있었던 이유는 첫째였기 때문이다. 내가 언니를 둔 둘째였다면 태어날 확률이 절반에서 0에 가까웠을 거란 생각이 들었다. 엄마와 이야기를 나누다 보니 90년생의 그 이상한 성비가 이해되었다. 그와 동시에 초등학교 시절 한 반에 40명 중 25명이 남학생이고 15명 정도가 여학생이던 것이 어렴풋이 기억났다. 미디어를 통해 접하던 성비 불균형 문제를 엄마의 입을 통해 직접 전해 들으니 마음이 착잡했다.

"참…… 그런 시대가 있었다는 게……."

"글케 말이다. 그때는 다들 죄의식조차 없었다. 남자아이를 낳는 게 더 중요했으니까. 시간이 흐르면서 계몽을 하니까 나쁘다는 걸 알았지."

남아가 선호되던 시절, 남아선호사상에 과도하게 몰입한 나머지 복중 태아가 여자라는 이유만으로 낙태를 선택함에 거리낌 없던 부모들, 그리고 몰래 낙태해 주며 돈을 벌던 의사들. 나와 동생은 그런 세상에 여자아이로, 무사히 뱃속에서 살아남았다.

안 외롭지만
외로워

장녀인 나는 어렸을 때부터 독립적인 성향으로 자랐다. 동생이 태어났을 때 고작 세 살이었음에도 불구하고, 엄마가 동생의 기저귀를 갈려고 하면 눈치껏 새 기저귀와 물티슈를 꺼내 와 엄마 앞에 대령했다. 엄마는 행여나 내가 동생을 질투하면 어떡하나 걱정했으나, 그것은 기우였을 뿐 자신의 옆에 딱 붙어 어린 동생을 돌보는 나의 모습이 신기하면서도 든든했다고 한다. 좀 더 자라서 동생이 초등학교에 입학하자, 맞벌이하는 부모님을 대신해 동생의 숙제는 물론 방학 숙제까지 하나하나 챙기는 것도 내 몫이었다. 부모님은 내게 엄마 아빠가 없으면 네가 동생의 보호자라는 말씀을 귀에 못이 박히도록 하셨다. 그때는 그게 당연한 줄 알고 받아들였다.

어릴 때는 또래들과 함께 이야기를 나누며 놀기보다 혼자 책 읽는 것을 좋아했다. 한 번 책에 몰두하면 누가 나를 불러도 듣지 못할 정도로 집중력을 발휘했다. 친구 집에 놀러 가서 우리 집에 없는 동화책 전집을 발견하면 그걸 몽땅 다 읽을 때까지 집에 가지 않겠다고 해서 엄마를 곤혹스럽게 만든 적도 있었다. 그런 나를 위해 엄마는 꾸준히 전집을 사 주셨지만, 나는 사 주시기가 무섭게 몽땅 읽어 버린 뒤 또 새 책을 사 달라고 했다.

그러나 조용히 책에만 몰두하는 성격 탓에 중학생이 되고서는 소위 말하는 일진 친구들에게 먹잇감으로 찍혔다. 다행히 일진 친구들이 일정 선을 넘지는 못했는데, 그건 내가 전교에서 상위권 성적을 유지해 선생님들이 주목하고 있었기 때문이었다.

"이번 중간고사 반 1등이 쟤란다."

"뭐? 쟤가??"

"어. 쟤 A여고 갈 성적 된다카던데. 학원도 안 다닌대."

당시 고향은 비평준화 지역이었고, 중학교 내신 점수를 100% 반영하여 줄을 세운 뒤 상위권 학생부터 A여고, 차상위권 학생이 B여고에 진학했다. 따라서 그때부터 피 터지는 입시 경쟁을 경험해야 했다. 정글 같은 중학교에서 살아남으려면 믿을 건 공부밖에 없었다. 상위권 성적 친구들만 모인 A여고에는 일진도 없고 학습 분위기도 좋다는 말은 익히 알고 있었기에 나는 A여고에 진학할 생각으로 끔찍했던 중학교 시절을 버텼다.

이처럼 험난한 사춘기를 보내다 보니 타인과의 관계에 큰 기대를 하지 않게 되었다. 애초에 혼자 책 읽는 것 외에 관심사는 거의 없었고, 사교적인 성격도 아니었다. 거기다 친구란 그저 내가 이겨야만 하는 상대였던 고등학교 입시 환경을 거치고 나니, 내가 100만큼 베풀면 상대도 100만큼 베풀 것이라는 믿음조차 없이 살았다. 나는 최대한 방어적으로 굴며 곁을 잘 주지 않았고, 가까이 있는 친구들에게 까칠한 언사를 내뱉기 일쑤였다. 다행히

A여고에 진학해서 사귄 친구들은 다들 나처럼 책을 좋아하면서도, 나와는 달리 순둥순둥한 성격이었다. 한창 예민하게 굴던 시기라 못난 모습을 많이 보였는데, 그런 부분까지 이해하며 나와 가까이 지내 주었다. 아침 8시부터 밤 11시까지 온종일 친구들과 붙어 지내다 보니 자연스레 나도 친구들에게 조금이나마 마음을 열게 되었다.

타인과의 관계에 큰 기대를 하지 않는 성격은 집안 분위기도 한몫했다. 전형적인 경상도 남자인 아빠, 그런 아빠를 향해 한마디도 지지 않는 엄마. 두 분은 한 번 싸우기 시작하면 크게 싸우셨고, 싸움 뒤 깨진 물건의 파편을 치우는 것은 장녀인 나의 몫이었다. 그런 부모님이 서로를 참을 수 없는 한계가 찾아와 이혼을 하겠다고 했을 때는 내가 고3으로 막 올라간, 어느 봄날이었다. 다른 집은 고3 수험생이 집에 있으면 왕처럼 떠받든다던데, 대체 이게 뭔 일인지 혼란스러웠다. 밤 11시까지 이어지던 야간자율학습 시간 도중, 도무지 공부가 손에 잡히지 않아 눈물만 뚝뚝 흘리던 날도 부지기수였다.

'대체 왜 나한테는 이런 일들만 생기는 걸까? 가족조차 이렇게 쉽게 깨질 수 있는 거였구나.'

두 분은 이혼 조정 기간을 거치며 결국 이혼하지 않기로 결정했지만, 그 폭풍 같은 시간 속에서 나는 안정적인 관계에 더욱 목마르게 되었다. 그러나 그와 동시에 주변에 곁을 주지 않으려 하는 것은 여전했다.

어느 날, 책을 읽다가 '양가감정*'이라는 단어를 알게 되었다. 20대 초중반까지 나를 설명하는 단어를 딱 하나 뽑으라면 단연코 이 '양가감정'이었다. 나는 부모님을 원망하면서도 사랑했다. 주변 친구들과 잘 지내고 싶으면서도 이 관계 또한 쉽게 깨지는 것은 아닐까, 가까이 지내는 것을 두려워했다. 그렇게 나는 스스로의 감정조차 확실히 인지하기 어려운 모순의 소용돌이 속에서 누구 하나 믿을 사람 없는 사회로 첫발을 내디뎠다.

----

* 양가감정(兩價感情) : 두 개의 모순된 감정이 공존하는 상태.

첫 사회생활은
폭언과 함께

"아이고, 우리 점잖이."

외할머니는 어릴 적 종종 나를 그렇게 불렀다. 점잖이. 아픈데도 울지 않고 잘 참았을 때, 친구들이 놀려도 맞서지 않고 꾹 참았을 때, 동생에게 물건을 양보하거나 혼자서 어려운 일을 척척 해낼 때 할머니를 비롯한 어른들은 내게 참 점잖다고, 의젓하다며 칭찬하곤 했다.

나는 어릴 때부터 어른스럽다는 칭찬이 그렇게 좋았다. 장하다며 쓰다듬는 어른들의 손길도 좋았고, 무엇보다 착한 아이가 된 것 같아서, 동생이 우러러볼 만한 언니가 된 것 같아서 너무 좋았다. 그래서 어릴 때부터 티 내지 않고 꾹 참는 것이 버릇이 되었다. 아무리 힘들어도 일단 참고 꿋꿋이 버텼다. 그런 뒤 내게 돌아왔던 칭찬처럼, 뭐든지 꾹 참고 견디면 언젠가는 좋은 일이 찾아올 거라 믿었다. 첫 인턴 경험 전까지 말이다.

사회에 첫발을 내디뎠을 때 겪은 인턴 생활로, 나는 무작정 참는다고 마냥 좋은 것이 아님을 깨달았다.

나는 지방 사립대학교에서 영문학과 언론학을 복수전공한 뒤 서울로 올라와 소규모 홍보대행사에서 첫 인턴을 시작했다. 그 회사의 대표는 30대 초중반으로 대표라는 직함을 단 사람치고는 젊은 축이었지만, 국내에서 손꼽히는 모 홍보대행사와 외국계 홍보대행사에서 실무 경력을 쌓은 베테랑이었다.

"저희 회사에서는 열정을 가장 중요하게 봐요. 제가 열정 하나로 여기까지 왔거든요. 회사의 메인 클라이언트가 ○○사인데, 제가 거기 대표랑 어떻게 만났는지 알아요? 청담동 카페에서 일하고 있었는데, 내가 몰입해서 작업하는 모습을 보고 그쪽 대표가 궁금해서 말을 걸더라고요. 그렇게 연이 닿아 계약까지 가게 됐죠. 제가 거기 제품을 모르는 게 없어요. 오죽하면 거기 직원인 줄 아는 사람도 있다니까요. 아, 이거 아세요? 제가 페이스북에서 진행한 캠페인인데……"

대학을 갓 졸업한 20대 초반에, 사회 경험도 전무했던 나는 면접장에서 면접자보다 열심히 떠들며 본인과 회사를 어필하던 대표가 멋져 보였다. 이렇게 열정적인 사람이라면 분명 보고 배울 것이 많을 것 같았다. 그래서 그 회사에서 합격 연락이 왔을 때 주저하지 않고 입사를 결정했다. 대표와 그의 친형인 이사, 나와 내 인턴 입사 동기 한 명. 이렇게 네 명이 전부인 조촐한 회사였지만, 그 회사에서 열심히 일하다 보면 많은 것을 배우고 회사와 함께 성장하는 기쁨을 느낄 수 있으리라 믿었다.

인턴 생활은 보람차고 즐거웠다. 첫 한 달 동안은 말이다. 나는 미디어에 제품을 홍보하는 업무를 담당했다. 주로 하는 일은 아침 일찍 출근하자마자 보도자료를 뿌리는 일, 신제품이 나올 때마다 잡지사 웹하드에 제품 누끼 컷과 관련 자료를 업로드하는 일, 그리고 제품 기사 모니 터링 업무 등이었다. 처음 해 보는 일이었기에 모르는 것 투성이었고 힘들 때도 있었지만, 하나하나 배워 나가며 내가 한 업무 결과를 두 눈으로 보는 것이 신기하고 뿌듯 했다.

"엄마, 일이 너무 재밌어! 이번에 인기 드라마에 우리 클라이언트 제품이 들어가는데, 그 일도 내가 담당하게 됐어!"

"아이고, 서울에서 혼자 일한다고 걱정했디만 괜찮은 갑네. 우리 딸은 뭐든지 열심히 하고 최고로 잘한다 아이 가. 엄마가 응원한디."

담당하던 제품이 인기 드라마에 협찬으로 들어가게 됐 을 때는 너무 신이 나 엄마에게 전화해 자랑을 늘어놓았 다. 나는 엄마의 응원을 받고 전화를 끊으면서 이 일에 뼈를 묻을 수도 있겠다는 생각까지 했다.

하지만 입사하고 한 달쯤 지나자 대표의 말투와 행동

이 점차 거칠어졌다. 내 일거수일투족에 관여하며 작은 실수만 발생해도 기다렸다는 듯 폭언과 모욕적인 말을 거침없이 내뱉었다. 심지어 결재를 받으러 가지고 간 자료를 면전에 던지기까지 했다. 그전까지는 보지 못했던 모습이었다.

처음엔 그 모든 것이 내 탓 같았다. 내가 잘못한 거라고, 내가 모자라 회사에 피해를 주는 거라고 여겼다. 업무를 제대로 알려 주지도 않고 무턱대고 인턴에게 회사의 주요 업무를 맡긴 이사 탓이 아닌, 업무용 컴퓨터 하나 주지 않아 다른 직원 컴퓨터를 빌려 일을 하게 만든 대표 탓이 아닌 내 탓. 언제나처럼 꿋꿋하게 버티면 언젠가는 칭찬받을 날이 올 거라고, 그렇게 생각하며 내게 생기는 무수한 생채기들을 외면했다.

그러다 결국 사건이 터졌다. 언제나처럼 트집을 잡아 화를 내던 대표의 폭언이 넘지 말아야 할 선을 넘어 버린 것이다. "너 여왕벌처럼 학교 다닐 때 남자애들이 대신 리포트 써 줬지?" "니네 엄마가 애를 온실 속 화초처럼 키웠네." 등등 근거 없는 폭언들이 나를 향해 쏟아졌다.

기분이 나빴다. 그 어떤 것도 사실이 아니었다. 학교 다닐 때 누구의 도움도 받은 적이 없었다. 내 학점은 모두 내가 밤을 새우며 공부하고, 리포트를 써 가며 받은 것이었다. 온실 속 화초는 더더욱 아니었다. 인턴에 합격하고 서울에서 자취를 시작한 뒤로는 오롯이 내 월급 100만 원으로 생활하고 있었다. 고정 생활비를 빼면 한 달에 남는 돈이 9만 원뿐이라 커피 한 잔도 마음 편히 사 먹지 못했고, 생필품을 살 때도 고작 천 원 차이로 몇 시간을 고민할 정도로 아등바등하며 살아가고 있었다. 그런 나에게 그따위 말이라니. 정말 모욕적이었다.

그제야 나는 이 모든 것이 내 탓이 아닐지도 모른다는 생각이 들었다. 사회 초년생이었고, 업무에 익숙지 않아 실수를 할 때도 있었다. 하지만 어떻게 봐도 그 실수에 돌아오는 대표의 반응은 지나쳤다. 대표의 행동들은 나를 더 나아지게 만드는 것이 아니라 오히려 움츠러들게 만들었다. 혹시라도 대표의 심기를 건드릴까 매사에 눈치를 보게 되었고, 잔뜩 힘이 들어간 채로 일을 하니 시야가 좁아져 그전에는 하지 않던 실수들까지 늘어났다. 그럴 때마다 몰아치는 대표의 불호령. 악순환의 반복이었다. 심할 때는 출근만 하면 100m 달리기를 한 듯 심장이 요동쳤고, 머릿속은 백지가 되어 아무 생각도 할 수 없었다. 유일하게 숨을 쉴 수 있는 순간은 대표가 외부미팅 등으로 사무실을 비웠을 때뿐이었다.

하지만 깨달음도 잠시, 나는 석 달 만에 회사를 나오게 됐다.

"야, 너 회의록 작성해서 가지고 와."

클라이언트와의 미팅 자리에 처음으로 참석한 날. 대표는 사무실에 돌아오자마자 갑자기 요구한 적도 없는 회의록을 제출하라고 했다. 미팅에서 다른 경쟁사와 한껏 비교를 당한 대표의 이마에는 짜증 가득한 주름이 져 있었다.

'어떡하지……'

갑작스러운 요청을 받고 자리에 앉은 나는 머리를 감싸 쥐고 고민했다. 입사 후 첫 회의였다. 대표와 자리를 같이한 탓에 어떻게 흘러갔는지도 기억나지 않을 정도로 긴장해서 회의 내용이 제대로 기억나지 않았다. 무엇보다 회의록을 써 본 적이 없어 도대체 어떤 형식으로 써야 할지 감이 잡히지 않았다.

몇 분이나 지났을까. 빨리 써 오라는 대표의 불호령에 회의 시간에 썼던 필기를 정리해서 가져갔고, 그는 예상대로 입에서 불을 뿜었다. 이걸 회의록이라고 썼냐고, 가서 뭘 들은 거냐고, 일을 왜 이딴 식으로 하는 거냐고 침을 튀기며 분노를 쏟아냈다. 며칠 전이라면 그저 미안함에 몸 둘 바 몰랐겠지만, 이젠 안다. 사실 대표는 그저 화를 풀 대상이 필요했을 뿐이라는 것을.

"이따위로 일할 거면 너 그냥 다음 주부터 나오지 마!"

보통은 가슴 철렁했을 그 말을 들은 순간, 나는 희한하게도 해방된 기분이 들었다. 몇 개월간 나의 마음속에 깊이 박혀 있던 가시가 쑤욱 하고 뽑혀 나간 듯했다.

회사를 그만두는 것. 끝내 먼저 꺼내지 못한 말이었다. 지금껏 이 상황에 반발하며 벗어나는 것이 꼭 포기하는 것처럼, 책임감 없는 것처럼 느껴졌었다. 하지만 나오지 말라는 말에 마음이 편해진 걸 보니 속으로는 알고 있었나 보다. 참는 게 능사가 아니란 것을, 끔찍한 폭언과 무차별적인 깎아내림을 버티는 것 끝에 결코 좋은 결과가 기다리지 않는다는 것을 말이다.

대표가 홧김에 한 말인지, 진심이었는지는 모르지만, 나는 그 말을 듣자마자 곧장 짐을 싸 회사를 나왔다. 이사와 동기는 물론, 대표도 조금 당황한 듯 보였지만, 누구도 나를 붙잡지 않았다.

그 후 계약 기간이 한참 남은 자취방을 정리해 버리고 본가로 내려갔다. 직장을 그만둔 이상 아는 사람 하나 없는 춥고 외로운 도시에서 아등바등 버틸 필요가 없었다. 서울에 머물며 다른 직장을 구해 보면 어떨까 하는 생각을 아예 안 한 건 아니지만, 그러기에는 몇 개월 간 받은 스트레스 때문에 깊은 우울감에 빠져 있기도 했고, 무엇보다 직장을 그만둔 탓에 당장 한 달을 버틸 금전적 여유가 없었다.

짐을 바리바리 챙겨 들고 고향으로 내려가는 버스에서

나는 분명 옳은 선택을 했다고, 괜찮다고 스스로를 다독였지만, 자꾸만 흐르는 눈물은 멈출 줄 몰랐다.

CHAPTER 1
#04

하고 싶은 게 없는
취업 준비생의 고뇌

짧았던 인턴 생활을 끝내고 본가로 내려오니 어느덧 대학 졸업식이 코앞이었다.(나는 코스모스 졸업생이었는데, 1년에 두 번 나누어 졸업식을 하는 다른 학교와 달리 우리 학교는 코스모스 졸업생까지 모두 2월에 졸업식을 했다.) 인생에 한 번뿐인 대학 졸업식인데 나는 쉽게 갈 엄두를 낼 수 없었다. 그렇게 생각하고 싶진 않았지만, 서울 생활을 정리하고 돌아온 내가 남들에게 볼품없고 실패한 사람처럼 보일까 걱정스러웠다. 누구는 어디 좋은 데 취업했다더라, 누구는 장사하려고 준비 중이라더라

하는, 미래를 향해 착실히 달려가는 사람들 사이에 선 내 모습을 상상하는 것만으로도 눈물이 났다. 이런 고민을 부모님께 살짝 내비치자 아빠가 짜증 섞인 목소리로 말했다.

"남들 다 취업하고 축하하는 자린데 니가 뭐한 게 있다고 졸업식을 가노?"

아빠의 그 말을 듣는 순간, 남들도 나를 그렇게 보는구나, 머릿속을 불쾌하게 떠돌던 생각이 그저 의기소침해서 떠오르는 나쁜 상상이 아니라 현실임을 절절히 깨달았다. 그런 말을 가까운 사람에게, 그 누구보다 나를 믿어 주던 아빠에게 들은 게 너무나 큰 상처였다. 나는 방에 틀어박혀 매일같이 눈물만 흘렸다. 졸업장은 몇 주 뒤 택배로 도착했지만, 끝끝내 나는 그 택배를 뜯지 못했다.

"아들도 없으니까 니가 우리 집의 기둥이다. 니가 맏이 아니가. 맏이가 본보기를 보여야지."

"얼른 취업해서 돈 벌어가 니도 좀 즐기고, 니 밑에 들어간 돈도 엄마 아빠한테 다 갚고 시집가야지."

어렸을 때부터 부모님은 내게 큰 기대를 했다. 장녀여서, 말 잘 듣는 딸이어서 부모님은 언제나 내게 기대라는 이름의 부담을 주었다. 그리고 나는 언제나 그 부담스러운 상황을 큰 반항 없이 받아들였다. 부모님의 말씀처럼 그것이 당연하다 여겼다. 그래서 학창 시절 내내 싫은 소리 하나 한 적 없고 언제나 상위권 성적을 유지했으며 대학교도 집에서 만족할 만한 곳에 진학했다. 인턴 생활을 그만두고 서울에서 내려오기 전까지 나는 한 번도 부모님을 실망시킨 적이 없었다.

언제나 좋은 모습만 보이던 내가 그런 몰골로 돌아왔으니 부모님도 많이 당황하셨을 것이다. 그러니 그런 말도 튀어나오셨겠지. 하지만 두 분보다 더 당황한 것은 나였다. 대학 졸업 때까진 오랜 시간 궁둥이를 붙이고 열심히만 하면 항상 좋은 결과가 따라왔는데 사회생활은 전혀 그러지 않았다. 처음 겪은 사회의 쓴맛과 실패에 나는 자존감을 잃고 우울의 늪에 허덕였다.

'나는 아무것도 잘하는 게 없어. 그런 내가 뭘 해 봤자 잘될 게 있겠어?'

대표의 폭언을 들은 뒤부터 내 머릿속에서 누군가가 계속 이런 말을 읊조렸다. 뭘 해도 안될 것 같다는 불신이 고작 3개월 만에 뇌리 깊숙이 박혀 떨어지지 않았다.

그렇게 우울의 늪에 잠식된 지 얼마나 흘렀을까. 누군가 손을 뻗어 나를 끌어올렸다. 엄마였다. 엄마는 딸을 계속 그렇게 둘 수 없다 느끼셨는지 나를 방문 밖으로 끌어내기 위해 온갖 노력을 다했다. 어딜 갈 때도 함께 나가자고 하고, 내가 일할 만한 곳도 여러 곳 알아 오셨다. 얼마 뒤 완공되는 컨벤션 센터 쪽 일자리를 알아 온 것도 엄마였다.

"저쪽에 컨벤션 센터가 생기면 국제 행사를 기획하는 사람이 필요하다던데, 니가 영어도 잘하고 그러니 안 괜찮겠나? 이 지역 사람을 많이 델꼬 간다드라."

엄마의 말대로 나는 영어를 전공한 덕분에 영어 실력이 괜찮았다. 엄마가 여러 차례 권하기도 하고, 나 역시도 언제까지 무기력하게 있고 싶지 않다 생각하던 차였기에 컨벤션 센터의 취업 준비를 시작했다. 업무적인 부분에 관해 여기저기서 정보를 알아보고, 자격증을 취득

하는 국비 과정에 등록해 몇 달 뒤 자격증까지 취득했다. 그렇게 만반의 준비 끝에 컨벤션 센터에서 신입 공고가 뜨자마자 지원했지만, 결과는 안타깝게도 불합격이었다.

불합격 소식을 듣고 나니 불안이 극에 달했다. 이제 나는 뭘 해도 안 되는구나 싶었고, 무슨 일이든 시켜만 준다면 어디든 가고 싶었다. 심지어 다시 인턴 때로 돌아가고 싶다는 생각마저 들 정도였다.

그렇게 불안이 이어지던 중 우연히 들어갔던 동네 미용실에서 미용사가 건넨 한 마디에 나의 다음 스텝이 결정되었다. 학생이냐, 아이고 벌써 대학을 졸업했냐 이런저런 너스레를 떨던 미용사는 내 전공을 듣더니 말했다.

"그럼 영어도 잘할 테고, 얼굴도 반반하니 승무원 준비하면 어때요?"

자존감이 바닥을 치던 나는 그가 건넨 사소한 칭찬과 제안에 무언가에 홀린 듯 빠져들고 말았다. 그로부터 며칠 뒤 승무원 전문학원에 상담을 받으러 갔고, 승무원은 돈도 많이 벌며 삶의 균형도 좋은 직업이라는 상담 실장의 감언이설에 속아 학원에 등록했다. 내가 또 침울해할까 봐 걱정하던 엄마는 주저하지 않고 지갑을 열었다.

그렇게 나는 1년간 승무원 준비를 했다. 그러는 사이 몇 차례 서류에 합격하긴 했지만, 번번이 면접에서 탈락했다. 이 길도 아닌가 하는 마음에 포기하고 싶었지만, 이제 와서 그만둘 용기조차 없어 울며 겨자 먹는 심정으로 승무원 준비생 신분을 유지했다.

이 지난한 생활에 종지부 찍기로 마음먹게 된 데는 동생의 임용고시 합격 소식이 지대한 영향을 끼쳤다. 동생은 사범대에 진학해 선생님이 되겠다는 목표를 설정하고 나서부터는 한눈팔지 않고 착실히 고시를 준비했다. 동생은 공부를 하다가 잘 안되고 힘이 들 때, 불안이 마음을 집어삼킬 때마다 내게 연락해 위로를 구했다. 그럴 때마다 나는 내가 할 수 있는 모든 언어를 끌어모아 동생을 다독였다. 그런 동생이 울먹이는 목소리로 임용고시 합격 소식을 알렸을 때, 내가 합격한 것처럼 기뻤다.

"언니, 이거 받아."

동생은 시험에 합격하고 몇 달 뒤, 내게 첫 월급이 담긴 봉투를 내밀었다. 봉투에는 15만 원이 들어 있었다.

처음 직장에 들어간 동생에게도, 단기 아르바이트를 하며 용돈 벌이를 하던 내게도 적지 않은 돈이었다. 나는 한사코 받지 않으려 했지만, 동생은 그간 자신을 챙겨 줘서 고맙다는 마음이니 꼭 받아 줬으면 좋겠다며 기어이 내 손에 봉투를 쥐여 주었다. 그때 내 손에 쥐여진 봉투의 무게는 몇 장의 종이가 가진 무게 그 이상이었다. 그 무거움이 그간 멍해졌던 정신을 트이게 했다. 내가 인턴 생활로 제자리에 멈춰 선 사이, 늘 어리게만 느껴졌던 동생은 어느새 나를 성큼 앞서가 어엿한 사회의 일원이 되어 있음이 선명히 느껴졌다.

'나는 지금 뭘 하고 있지?'

그전까지 나는 이것저것 하긴 했지만, 사실은 취업 준비생이라는, '뭐라도 하고 있다.'라는 변명거리를 댈 수 있는 도피처에 숨어 있을 뿐이었다. 자격증을 따러 무거운 가방을 챙기고 집을 나설 때, 승무원 학원 수업을 마치고 차를 타고 귀가할 때 느끼는 옅은 뿌듯함과 막연한 희망에 취한 채 제자리를 맴돌았다. 이대로 있을 수는 없었다. 나는 마지막으로 친 승무원 면접에서 떨어진 뒤 모든 것을 정리했다. 그리고 다른 무언가를 준비하는 대신 집과 가까운 회사들의 지원 공고를 꼼꼼히 살펴봤다. 그 전까지는 막연한 낭만을 좇았다면, 이제는 현실을 직시해 지금 내가 할 수 있는 것부터 하나하나 도전해 보기로 한 것이다.

'어? 여기 괜찮은데?'

내가 잘할 수 있는 일을 머릿속으로 그리며 공고를 살펴보던 중 집에서 차로 30분 정도 떨어진 한 대학교에서 계약직 교직원을 구한다는 글을 보았다. 근무처는 집과 가까운 A대학이었고, 미국 대학에 학생들을 단기 파견 보내는 데 도움을 주는 국제협력 프로그램 담당자를 뽑는다는 내용이었다. 나는 비록 교직원 경력은 없지만, 교환학생 경험이 있어 업무를 잘 이해할 수 있을 것 같았고, 좋아하는 영어로 업무를 할 수 있다는 점에서 즐겁게 일할 수 있을 거라는 기대도 생겼다. 그리고 무엇보다 대학교 교직원은 취준생들 사이에서 '신의 직장'으로 유명했기에 나는 길게 고민하지 않고 그 자리에 지원했다. 물론 계약직인 게 조금 걸리긴 했지만, 열심히 하고 경력을 쌓다 보면 언젠가 정규직이 될 수 있을 거라 생각했다.

이전과는 다른 마음으로 임했기 때문일까, 나는 지난 날의 연이은 실패와 달리 한 번에 대학교 교직원 면접에 합격했다. 영어로 업무가 가능하다는 점과 그 지역 출신인 것이 한몫했지만,(내가 지원한 자리는 타지 사람들의 퇴사율이 높아 지역 출신을 선호하던 자리였다.) 그것 못지않게 승무원 준비를 하면서 겪은 모의 면접과 실제 면접 경험이 큰 도움이 되었다. 지금까지의 방황들이 모두 쓸모없는 것은 아니었음을 확인하고 위안이 됐다. 그렇게 나는 오랜 방황을 정리하고 A대에서 교직원 생활을 시작했다.

공공의 적

인턴 이후로 1년 반 만에 나선 출근길. 불안인지 기대인지, 원인을 알 수 없는 가슴 떨림을 안고 A대학의 정문 앞에 섰다. 크게 숨을 들이마시고 출근 전에 안내받은 학과 행정실로 부지런히 발걸음을 옮겼다. 함께 근무할 분들과 간단히 인사를 나눈 뒤 전임자에게 일주일간 업무를 인수인계받았다. 나는 직전의 인턴 일도 있고 해서 이번에는 정말 잘해 보자는 생각으로 눈에 불을 켜고 일을 익혔다. 전임자가 퇴사한 후 업무를 물어보는 것만큼 민폐는 없다고 생각했기에 주어진 인수인계 기간을 최대한 활용하려 전임자가 알려 주는 것은 하나도 놓치지 않고 필기했다. 업무 시간이 끝난 뒤에는 자리에 남아 전임자가 알려 준 것을 복습하기 위해 야근도 불사했다. 힘들 법도 하건만 나는 정말이지 하나도 힘들지 않았다. 너무 행복했다. 제대로 된 일을 하고 있었고, 무엇보다 이제 내 자리에 '내' 컴퓨터가 있다는 것이 더없이 감동스러웠다. 누군가에겐 우스울지 몰라도 내게는 그런 평범함을 누릴 수 있다는 것이 더없는 행복이었다. 나는 그 평범함에 깊이 감사하며 지난번에는 3개월 만에 그만두었다면, 이번에는 3개월 안에 여기서 한 사람 몫을 해야겠다고 다짐했다.

그 다짐이 부끄럽지 않도록 나는 최선을 다했다. 내가 맡은 업무는 학생들을 해외 대학으로 단기 파견을 보내는 일이었는데, 비자를 받는 법이라든지 지원서를 작성하는 법, 파견 학기가 끝난 뒤 얼마간 체류 가능한지 알아보는 법 등의 절차를 설명하는 일은 학창 시절 경험해 본 덕분에 금방 익숙해질 수 있었다. 물론 영어로 해외 대학과 비즈니스 메일을 주고받는 것은 처음이라 다소 헤매긴 했지만, 다행히 목표한 3개월 후에는 어엿하게 한 사람 몫을 하고 있었다.

여기서 해피엔딩으로 끝났다면 얼마나 좋을까. '일에 무사히 적응한 나는 얼마 뒤 정규직으로 전환되어 A대학에서 친절한 동료들과 함께 오래오래 일했습니다'로 이 글을 끝맺으면 얼마나 좋았을까 싶지만, 아쉽게도 그러지 못했다. 왜, '또라이 질량보존의 법칙'이라고 하지 않는가? 여기서도 이상한 사람이 존재했다.

행정실의 또라이는 바로 L대리였다. L대리는 팀장님과 함께 행정실에서 단둘뿐인 정규직 중 한 명으로, 내 아버지뻘쯤 되는 50대 남성이었다. 그는 내가 계약직으로 뽑히는 데 자기가 온갖 힘을 썼다며 허풍(채용 결정은 팀장님과 주임교수님이 한다.)을 떨거나, 다른 계약직 동료의 성격이 호락호락하지 않다며 험담을 늘어놓는 둥 입사 초반부터 신경을 곤두서게 만들었다. 내가 업무 중 받는 스트레스의 대부분이 이 사람에게서 온 것이라고 해도 과언이 아니었다. L대리가 정말 싫었지만, 그래도 어른이었고 앞으로 같이 일할 동료였기에 나는 적당히 비위를 맞춰주며 잘 지내려 애썼다.

하지만 내가 일한 지 6개월 정도 지났을 무렵, 날벼락이 떨어졌다. 어느 날 출근하고 보니 내가 졸지에 다른 사람 일까지 떠맡게 된 것이다. 다 L대리가 업무분장*을 조정하게 된 탓이었다. 입사 당시에는 팀장님이 행정실의 업무분장을 조정했었는데, 내가 입사하고 얼마 지나지 않아 새 팀장님이 발령 오게 되면서 L대리가 별안간 팀장 업무를 떠맡게 되었다. 정년까지 1년밖에 남지 않아 의욕 없는 팀장님을 대신해 L대리는 마치 자기가 진짜 팀장이라도 된 듯이 굴었다.

그전까지 나는 내게 할당된 업무에 만족하고 있었다. 업무량도 적당했고, 실무자 중 영어를 할 수 있는 사람이 나뿐이다 보니 내가 주도적으로 의견을 제시하고 이끌어갈 수 있는 부분이 있다는 점도 좋았다. 그런데 새로

----

* 업무분장 : 부서 구성원에게 업무별 담당을 지정해놓은 것. R&R(Roles& Responsibilities)이라고도 한다.

운 업무분장에는 그것 말고도 5년 차 선배가 하던 학부 학사업무까지 모두 떠맡게 되어 있었다. 원래 내가 하던 일은 다른 누가 대신할 수 있는 일도 아니었기에 졸지에 2인분 몫을 하게 된 것이다. 더 어이없는 것은 그런 처사가 누구의 바람도 반영되지 않은 것이란 점이었다. 선배는 선배대로 대학 행정 업무의 꽃이라고 할 수 있는, 본인이 가장 중요하게 여기던 학사 업무를 신입에게 훌러덩 빼앗긴 꼴이었다. L대리는 이 짓을 나와 선배 어느 누구에게도 묻지 않고 독단적으로 조정해 통보했다. 속에서 열불이 터졌지만, 계약직이던 나와 선배는 아무런 말도 할 수 없었다.

이쯤 되니 아무리 L대리를 좋게 보려야 볼 수 없었다. 그래도 어쩌겠는가. 말마따나 더러워도 먹고살려면 다녀야 했다. 이렇게 말도 안 되는 업무 결정도, 그가 빈번하게 해 대는 성희롱도 다 어색한 웃음으로 참아 넘겨야 했다. 하지만 그것도 한계가 있었다.

추석 연휴를 앞둔 어느 날, 퇴근을 하고 늘 지나던 터널을 통과하던 중에 갑자기 핸들이 제멋대로 꺾였다. 나는 예기치 못한 상황에 비명을 지르며 가까스로 핸들을 바로잡았고, 터널 한가운데에서 멈출 수는 없었기에 조심스럽게 차를 몰았다. 집 근처에 다다라 차를 세우고, 내일 당장 차를 수리점에 맡겨야겠다 생각하며 숨을 고르는데, 왠지 기분이 이상해 집어 든 휴대전화에 부재중 전화가 몇 통 찍혀 있었다. 아빠에게서 온 전화였다.

'이상하다. 왜 이렇게 전화가 안 터지지?'

나는 무슨 일인가 싶어 아빠에게 전화를 걸었지만, 이상하게도 전화는 먹통이었다. 나는 알 수 없는 불안감에 곧장 집으로 차를 몰았고, 집에 도착해서야 조금 전 터널에서 있었던 일도, 부재중 전화도 모두 지진 때문이었음을 알았다. 드문드문 이어지는 연락을 통해서도 얼마나 난리가 났는지 쉽게 짐작이 갔다. 나는 텅 빈 집에서 어찌할 바를 몰랐다. 아빠는 퇴근 전이었고, 엄마는 차로 2시간 정도 떨어진 동생의 자취방에 가 계신 참이었다. 혼자 덩그러니 거실에 앉아, 옅게 떨리는 몸을 부여잡으며 여진이 스치며 나는 쿠르릉 소리를 들었다. 지진이 올

때 그런 소리가 난다는 것을 그때 처음 알았다. 얼마나 시간이 흘렀을까, 텅 빈 집에서 혼자 있으려니 불안했다. 나는 혹시 모르니 뻥 뚫린 공간에 있어야겠다는 생각에 마당으로 나갔다.

'이제 좀 괜찮아진 것 같은데 들어갈까?'

어두운 마당에 홀로 서 있으려니 무섭기도 하고, 찬 날씨에 얇은 옷을 입고 있어 몸도 으슬으슬 떨렸다. 거기다 여진도 얼추 줄어든 듯해 다시 집으로 들어가려던 그 순간.

쾅.

땅이 뒤흔들리는 굉음과 함께 두 번째 지진이 닥쳤다. 커다란 거인이 우리 집을 양손으로 붙잡고 미친 듯이 뒤흔드는 것 같았다. 창문은 덜커덕거리며 당장에라도 깨질 듯 흔들렸고, 창고에 쌓여 있던 물건들이 흔들리고 떨어지며 내는 요란한 소리에 혹여 창고가 무너져 나를 덮칠까 겁이 났다. 나는 마당 한가운데 웅크려 벌벌 떨었다. 생전 처음 겪는 공포였다. 속으로 제발 꿈이길, 얼른 지나가길 계속해서 빌었다. 채 일 분도 되지 않는 그 시간이 지나온 삶보다 더 아득히 느껴졌다. 본격적으로 들이닥친 지진은 짧았지만, 그 지진이 몰고 온 여진이 밤새 이어졌다. 회사의 시설을 관리하던 아빠는 혹시 모를 일에 대비해 퇴근하지 못했고, 엄마도 동생의 자취방에서 출발하지 못해 결국 혼자 불안에 떨며 밤을 보냈다.

그렇게 끔찍한 밤을 보내고 출근한 다음 날, 탕비실에서 혼자 커피를 내리고 있는 L대리가 내게 슬그머니 다가오더니 말했다.

"아란 쌤, 다음 주에 더 큰 지진이 올지도 모른다는데, 위험하니까 우리 집에서 자고 가소."

수많은 사람이 피해를 입은 다음 날, L대리는 그딴 말을 농담이라고 건넸다. 그리고 재치 있는 말이라 생각했는지 싱글벙글 웃었다. 나는 지난밤 일을 떠올리는 것만으로도 주체하지 못할 정도로 몸이 떨리는데, 그런 심각한 상황에서 던진 농담이라는 게……. 정말 끔찍한 사람이었다.

"대리님 집이라고 더 안전한가요, 뭐."

마음 같아서는 '안전하고 나발이고 내가 니 집에 왜 가

냐, 미친놈아.'라고 쏘아붙이고 싶었지만, 입 밖으로 튀어나온 말은 고작 저런 것뿐이었다. 나는 언제나 닥친 상황에서는 제대로 말을 못 하고 꼭 지난 뒤에 후회하곤 했다. 그 뒤로 며칠간 얼마나 분노의 이불킥을 했는지…….

안 그래도 업무로 머리가 터질 것 같은데, 그런 일까지 겹치니 얼마 못 가 번아웃이 왔다. A대학에서 일한 지 1년 반 정도 지난 시점이었다. 나는 한참을 고민하다가 팀장님께 찾아가 도저히 못 하겠다고, 퇴사하겠다고 말했다. 그전까지 일에 뒷전이던 팀장님은 잘하고 있는 것처럼 보이던 내가 그만두겠다고 하자 몹시 당황하셨다. 팀장님은 내게 사회 초년생일 때는 다들 그런 거라고, 6개월만 더 참아보면 안 되겠냐고 설득하셨다. 나는 더 참는다고 하더라도 무언가 달라질 것 같진 않았지만, 팀장님이 간곡히 부탁하니 마음이 약해졌고, 어쩔 수 없이 조금 더 참아 보기로 했다. 하지만 말 그대로 참아 보겠다고 했을 뿐, 나는 또 한 번 문제가 생기면 언제라도 그만둘 거라 다짐하며 매일 가슴속에 사표를 품고 출근했다.

페미니즘에
눈뜨다

✎━━━━ 　　내가 대학교에 입학했을 때만 해도 학생들이 주로 이용하는 온라인 소통의 장은 싸이월드였다. 싸이월드 외에 트위터나 페이스북 등 오늘날까지 활발하게 이용되고 있는 SNS가 존재하기는 했지만, 국내에는 유저가 많지 않던 시절이었다. 나는 당시 사귀던 남자친구가 페이스북을 같이 하자고 부추겨 가입하긴 했지만, 접속을 한 적은 거의 없었다.

　그런데 스마트폰이 등장한 이후부터 어느 새 심심할 때마다 페이스북에 접속하는 것이 일상이 되었다. 취업하기 전에는 그저 친구들의 게시글에 '좋아요'를 누르고, 웃긴 글을 보며 낄낄거리는 게 다였다. A대에서 계약직으로 일을 시작한 후로는 사회생활의 어려움을 토로하는 공간으로 이용했다. 힘들다는 글을 올리면 친구들이 위로의 댓글을 달아 주었고 다음 날 출근할 기운을 얻었다. 졸업 후 나를 제외한 친구 대부분이 고향을 떠나 전국 각지에 취업했기 때문에 우리는 페이스북을 통해서 서로의 안부를 확인했다.

언론학을 복수 전공해서 그런지 친구 중 페이스북에 진보적인 글을 열심히 공유하는 이들이 많았다. 그중에서도 몇몇은 페미니즘과 관련된 글을 자주 공유했고, 그런 글들을 통해 나 또한 조금씩 내가 입고 있던 '여자답게' 살아야 한다는 코르셋을 인지하게 되었다. 하지만, 나는 페미니즘 관련 글에 그저 조용히 '좋아요'만 누를 뿐 딱히 내 생각을 덧붙이진 않았다. 강남역 여성 표적 살인사건 전까지만 해도 말이다.

2016년 5월 17일. 강남역 여성 표적 살인사건이 일어난 그 주, 나는 일주일 동안 학과 차원의 입시홍보 행사에 참여하기 위해 서울로 출장을 와 있었다. 아침 일찍 코엑스 행사장으로 출근해 온종일 사람을 맞이하고 저녁 늦게야 녹초가 되어 숙소로 돌아왔다. 숙소는 행사장에서 도보 10분 거리에 위치해 있었고, 동료들과 나는 하루 일정이 마무리되면 함께 걸어서 숙소로 이동했다. 그렇게 눈코 뜰 새 없이 바쁜 일정을 소화하던 도중 강남역 여성 표적 살인사건이 일어났다. 모든 포털 사이트 메인 기사가 해당 사건으로 도배되어 있었다. 온몸에 소름이 돋았다. 출장이 아니면 서울에 올라올 일도 없는 내가 우연히 서울에 있는 그 시기에, 숙소에서 지하철로 세 정거장 떨어진 곳에 살인사건이 일어난 것이다.

'만일 동료들과 내가 하루 일과를 마치고 강남역 부근에서 시간을 보냈다면…….'

만약을 생각하는 것만으로 손이 덜덜 떨렸다. 여성 대상 범죄를 처음으로 '남의 일'이 아닌 '나의 일'로 생각하게 되었다.

이후 내 페이스북 타임라인에도 변화가 시작되었다.

그전까지는 페미니즘 관련 게시글에 조용히 좋아요만 눌렀다면, 나의 생각을 활발히 공유하기 시작했다. 조신하게 행동해라, 알아서 조심해라 하는 이야기를 귀에 딱지가 생길 만큼 듣고 자랐지만, 그 말은 결국 여성에게 책임을 지우는 것이었다. 조심해도 소용없다. 그저 나는, 우리는 여성이라는 이유로 죽을 수도 있는 것이다. 나뿐만 아니라 대부분의 친구들이 페이스북에 페미니즘 관련 게시글을 이전보다 더 활발히 공유했고, 목소리를 내기 시작했다. 그날의 충격은 나에게만 거대한 두려움으로 다가온 것이 아닌 듯했다.

페미니즘. 조금은 거추장스럽고, 부담스러운 것. 사실 페미니즘에 대해 인지한 시점에서는 이 단어가 내 세상을 이렇게 크게 변화시키리라 생각하지 못했다. 하지만 페미니즘은 나의 삶을 물들였고 내가 나답게 살 수 있는 길을 내 주었다. 아주 서서히, 하지만 단단하게.

J와의 첫 만남

✎_____ A대학에서 근무하며 과중한 업무 탓에 몸이 피곤한 것도 있었지만, 외로움이 나를 더욱 힘들게 했다. 친했던 친구들은 모두 졸업 후 전국 각지로 흩어졌고, 나 혼자 고향에 남아 있었기 때문이다. 쳇바퀴 돌 듯 집과 회사를 반복하는 일상 속에서 편하게 이야기 나눌 친구가 필요했다. 그때 머릿속을 스친 사람이 있었으니, 바로 J였다.

J와 나는 같은 대학교를 다닌 동문이다. 학생 수가 많지 않아 한 다리만 건너도 다들 알 정도로 작은 대학교

를 다녔는데, 희한하게도 우리는 학교를 다니는 동안 서로의 존재를 알지 못했다. 심지어 같은 수업을 들은 적도 있는데 말이다.

J의 존재를 처음 인지한 것은 페이스북의 동문회 그룹에서였다. 졸업하고 몇 년 뒤 내가 복수 전공했던 언론학과에서 학생의 교육권을 고려하지 않고 일방적으로 교수를 충원하지 않겠다며 통보해 재학생뿐만 아니라 졸업생 커뮤니티까지 발칵 뒤집히는 일이 있었다. 학교의 독단에 모두 분노했고, 페이스북에는 학교를 규탄하는 글이 연이어 올라왔다. 각 게시글의 댓글에는 학교가 대체 왜 이런 결정을 내린 것인지, 앞으로 어떻게 하면 좋을지에 관한 토론이 펼쳐졌다. 바로 그 토론장에서 J를 만났다. 학생의 교육권은 안중에도 없는 학교의 태도에 둘 다 분개하는 댓글을 쓰고 맞장구를 쳐 주다가 페이스북 친구를 맺었다.

페이스북 친구가 된 뒤, 우리는 한동안 SNS상의 아는 지인으로 지냈다. 그냥 그렇게 흐지부지 잊힐 수도 있었지만, J는 내가 공유하는 사회 문제 게시글에 열심히 '좋아요'를 눌러 주었고, 알림 창에 J가 좋아한다는 표시가 계속 쌓이자 나는 자연히 J를 의식하게 됐다.(이후에 J에게 물어보니 자신과 비슷한 가치관을 가진 나에게 끌렸다고 한다.) 그래서 몰래 J의 게시물을 살펴봤는데, 보면 볼수록 참 괜찮은 사람 같았다.

인스타그램이 '내가 이렇게 잘 산다'라고 말하는 곳이라면, 페이스북은 '내 신념은 이러하다'를 말하는 곳이라고 생각한다. 즉, 페이스북에서는 자신의 가치관과 반대되는 글을 공유하는 일이 없다. 나는 사회 문제, 노동 문제, 페미니즘 등 페이스북에 공유된 J의 글에서 그가 사회를 어떻게 바라보고 있는지, 그 시선을 읽었다. '사회에서 소외된 약자의 편에 설 것' 그것이 내가 읽은 J의 시선이었다.

특히 J는 내가 페미니즘에 목소리를 내기 시작한 강남역 여성 표적 살인사건이 있기 전부터 페미니즘에 관한 의견을 활발히 공유하고 있었다. 사건 이후에는 '모든 남자를 잠재적 범죄자로 보는 것이냐' 하는 반응에 반박하는 글을 많이 공유했다. 그는 내가 공유한 여성혐오 인식

글에 동의하는 의견을 남기기도 했고, 우리는 비슷한 생각을 가지고 있는 서로의 존재에 반가움을 표했다. 이를 계기로 우리는 점점 일상 사진이나 글에도 관심을 보이며 조금씩 가까워졌다.

그를 알면 알수록 나와 생각하는 결이 비슷한 사람이라는 생각이 들었고, 그가 궁금해졌다. 직접 만나 이야기를 나누어 보고 싶었다.

안녕하세요, 페이스북에서만 알고 지내는 사이에 이런 메시지 드려 죄송하지만, 같이 밥 한번 드실래요? 친해지고 싶어서요.

메신저 창에 메시지를 적어 두고 보낼지 말지 고민만 수십 번, 눈 딱 감고 메시지 전송 버튼을 눌렀다. J는 흔쾌히 좋다고 답했고, 우리는 그 주 주말 J가 사는 D시에서 만나기로 했다.

J를 만나는 날, 우리는 미리 정했던 식당에 들어가 식사를 하면서 많은 이야기를 나누었다. 예상했던 대로 우

리는 대화가 잘 통했다. 아니, 예상한 것 그 이상이었다. 어떤 주제로 대화를 나누어도 공감해 주고 편하게 대해 주는 J 덕분에 나는 처음 만난 사람과 이야기한다고는 믿기 힘들 정도로 많은 이야기를 나누었다. 마치 오랜 친구와 만난 것처럼 말이다. 그날의 만남 이후 우리는 다음 만남까지 전화와 메시지로 이야기를 주고받았는데, 몇 시간이나 쉬지 않고 떠들어도 항상 아쉬움이 남았다. 주고받은 이야기만큼 우리는 급속도로 가까워졌고, 그렇게 두 번째 식사 자리에서 연인이 되었다.

내가 가장
행복한 순간

좋은 사람과 행복한 연애를 이어간 지 3개월 정도 됐을 무렵, 우리는 피치 못할 사정으로 장거리 연애를 하게 됐다. J는 당시 장교이자 부관*으로 군 복무 중이었는데, 모시던 여단장이 대령에서 준장으로 진급하게 되면서 D시에서 서울로 발령이 났고, J에게도 함께 가자고 제안했기 때문이다. J는 처음에는 나와 떨어지는 것이 신경 쓰여 서울로 가지 않으려 했지만, 나는 적

----

*   부관 : 장군 등 장성급 지휘관의 비서.

극적으로 그를 설득했다.

"아니, 왜 그걸 거절해. 여단장님도 전역 후 사회에 나갈 준비하기에는 서울이 좋다고 같이 가자고 하셨다며. 서울에 먼저 올라가 있으면 내가 따라갈게. 그러니까 서울로 올라가요."

물론 막연히 그렇게 해야겠다 생각만 했을 뿐 실제로 언제, 어떻게 서울에 올라가야겠다 하는 구체적인 계획은 없었다. J는 계속된 설득에 결국 생각을 바꿔 서울로 올라갔고, 우리는 그렇게 장거리 커플이 됐다. 그전까지는 1시간만 가면 볼 수 있었는데, 이젠 장장 4시간을 가야 J의 얼굴을 볼 수 있었다.

한참 행복할 연애 초기에 장거리 커플이 된 것은 심적으로 큰 타격이었으나, 직장 생활은 그것 이상의 스트레스로 나를 괴롭혔다. 팀장님께 퇴사 이야기를 꺼낸 지 얼마나 지났을까. L대리가 또다시 내 성질을 긁었다. 그는 모두가 모인 주간 회의 자리에서 도무지 납득이 가지 않는 이유로 성을 냈다.

"지금 나 무시하는 거야, 뭐야? 내가 대학 본부 가면 말이야, 일하다가도 다들 일어나서 인사하고 그래!"

L대리의 침과 고성이 날아들 때마다 가슴에 품은 사표가 나를 세차게 찔러댔다. 나는 계속되는 L대리의 헛소리에 결국 참치 못하고 비명을 내지르듯 화를 쏘아붙였다.

"제가 뭘 그렇게 잘못했다고 밑도 끝도 없이 목소리를 높이세요?"

머리가 할 말을 생각하기도 전에 입술이 먼저 움직였다. 예기치 못한 내 반응에 L대리를 비롯한 모든 동료들이 얼어붙었다. 지금껏 정규직인 L대리에게 직접적으로 항변한 계약직 직원이 없어 더 그랬다.

"그쯤 하지"

하지만 그것도 잠시, 한낱 계약직에다 새파란 신입이 대들어 열이 받은 L대리가 목소리를 높이려던 찰나, 팀장님이 그를 제지했다. 팀장님은 그 후 L대리를 따로 부르셨는데, 한참 있다 돌아온 L대리는 언제 화를 냈냐는 듯 잠잠해져 있었다. 눈치를 보니 팀장님이 내가 사표를 냈던 이야기를 꺼내며 강하게 말씀하신 듯했다. 그날 이후 L대리는 다시는 내게 소리 지르지 않았다. 자기가 가장 잘난 척 대단한 척 으스댔지만, 그도 결국 강약약강인 인간이었던 것이다.

그렇게 L대리의 꼬장은 좀 잠잠해졌지만, 나는 아쉽게도 6개월만 더 버텨 보자는 팀장님과의 약속을 지키지 못했다. 다시 퇴사하겠다고 이야기를 꺼낸 때는 막 개강한 3월 초였다.

선배로부터 학사 업무까지 넘겨받아 일한 지 꼬박 1년이 지났다. 어느 정도 일이 익숙해지긴 했지만, 이렇게 계속 일하다간 조만간 학과 건물에서 뛰어내릴 것만 같았다. 많은 업무량, 응대에서 오는 스트레스, 실수를 하면 안 된다는 압박감, 뭔가 놓치고 있는 것은 아닐까 하는 불안감 속에서 1년을 보냈다. 신학기가 시작되며 그전보다 일이 수월해지긴 했지만, 그럴수록 '지금 내가 뭐하고 있는 거지?' 하는 회의감이 들었다.

그러던 어느 날, 우연히 모교 선배가 사무실 옆 강의실에 강의를 하러 오셨다. 선배와는 강의 후 기차 시간까지 빠듯해 고작 2~3분 정도 이야기를 나눈 게 다였는데, 그가 한 짧은 질문에 머리를 한 대 맞은 느낌을 받았다.

"아란 씨, 지금 일 행복해요?"

선배는 어쩐지 그늘진 내 얼굴이 걱정이 되어서 한 말이었는데, 그 말에 가슴이 무너져내렸다. 도저히 질문에 대답할 수 없었다.

'아, 나는 지금 행복하지 않구나. 이제는 버티는 데 한계가 온 것 같아.'

처음으로 내가 괜찮지 않다고 생각했다. 그동안 버텨야 한다고, 괜찮아야 한다고 생각하며 나 자신이 힘들어하고 있는데도 이를 바로 보지 않으려 했다. 그동안 애써 억눌러온 '괜찮지 않음'이 선배의 안부 인사말을 듣자 한순간에 터져 나왔다. 감정이 복받쳐 올라 새벽까지 펑펑 울었다. 다음 날, 팀장님께 퇴사하겠다고 말씀드렸다.

"팀장님, 지난번에 퇴사하겠다고 말씀드렸을 때 6개월만 참아보라고 하셨는데, 저는 이제 한계인 것 같습니다."

두 번째로 하는 퇴사 이야기인 만큼 팀장님도 더는 설득하려고 하지 않았다. 자유인이 된 듯 얼마간 홀가분한 기분을 누렸다. 그러나 그것도 잠시, 퇴사 후 계획이 없는 것 때문에 불안해졌다. 여기서 일하는 것이 행복하지 않으니 퇴사해야 하는 것은 알겠는데, 앞으로 뭘 해야 할지 몰랐다. 팀장님은 내게 퇴사 후 계획이 없는 것을 알고 자꾸 퇴사일을 미루려고 했다.

'이렇게 아무 계획도 없이 퇴사해도 괜찮은 걸까? 회사를 관두면 내가 무슨 일을 할 수 있지? 그렇다고 다시 부모님께 손 벌리고 살 수는 없는데……'

1년 반이란 시간 동안 취업 준비 생활을 했는데 다시 그때로 돌아갈 수는 없었다. 어떤 선택을 하면 좋을까. 나는 가장 행복한 순간이 언제인지 떠올렸다. 자연스럽게 J가 떠올랐다. 나는 J와 함께 있는 순간이 가장 행복했다. 그런데 연애 3개월 만에 장거리 연애를 시작하게 됐고, 일주일에 서너 번은 만나던 우리가 한 달에 두어 번 만나고 있었다.

'J를 따라 서울로 가야겠어.'

J에게 서울로 따라가겠다고 한 약속이 떠올랐고, 그러기로 다짐하니 조금은 안심이 되었다. 나는 곧바로 구직

사이트를 뒤졌다. 마침 서울에 있는 B대의 채용 공고를 보게 되었고 이력서를 넣었다. A대에서의 경력 덕분에 별다른 문제없이 합격했다. B대의 입사일은 A대 퇴사일 바로 다음 주 월요일이었다.

퇴사 당일, 동료들의 아쉬움 섞인 배웅을 뒤로 부랴부랴 학교를 나와 서울에서의 거처도 확실히 정하지 못한 채 꼭 필요한 짐만 챙기고 서울행 기차에 몸을 실었다.

WIFE & HUSBAND
FEMINIST LIFESTYLE

CHAPTER 2

때로는 아픔이 우리를
한 뼘 더 성장하게 한다

WIFE & HUSBAND
FEMINIST LIFESTYLE

다시 찾은 서울

두 번째 상경이었다. 3년 전, 기대에 부풀었던 서울에서의 인턴 생활은 3개월 만에 막을 내렸다. 입사 때 훈훈함이 남아 있던 가을바람은 그사이 칼바람이 되어 지나가는 행인들을 움츠러들게 했고, 막 서울에 상경했던 풋내기 졸업생에게는 잔인한 계절로 기억되었다. 그런 내가 다시 서울행을 결심하게 된 데는 단순히 J를 좀 더 자주 보고 싶다는 이유만 있었던 것은 아니었다. 우리가 물리적으로 멀어져 있었던 그때 J에게 일어났던 끔찍한 사고는 나로 하여금 그와의 관계를 깊이 고민하게 되는 계기가 되었고, 나는 J와 더욱 가까워지기로 결심했다. 물리적으로든 심적으로든.

갑작스러운 사고였다. J는 장거리 연애를 시작한 지 3개월 만에 큰 교통사고를 당했다. 주말에 친구와 함께 선유도공원에서 산책을 한 뒤 부대로 돌아오는 길, J는 나에게 전화를 걸어 그날 있었던 이야기를 해 주고 있던 참이었다.

"그래서 친구 때문에 얼마나 웃었는지 몰라. 아, 불 켜졌다. 이제 이것만 건너면 거의 다 왔…… 억!"

J는 통화 중 말을 하다 말고 갑자기 '억!'하는 소리를 냈다.

"여보세요? 여보세요? J!"

나는 깜짝 놀라 J의 이름을 수차례 불렀지만 아무 응답이 없었다. 끊기지 않은 핸드폰 너머로 얼마간 정적이 이어지더니 J의 힘없는 목소리가 들렸다.

"어…… 난데 나 지금 사고가 나서 통화가 어려울 것 같아……"

그 말을 끝으로 전화가 끊어졌다. J의 목소리만 들어도 있는 힘을 다해 짜내어 말하고 있다는 걸 알 수 있었다. 사고라니? 분명 횡단보도를 건너는 중이라고 했는데? 영문을 알 수 없는 나는 300km가 훨씬 떨어진 곳에서 발만 동동 굴렀다. J에게 다시 전화를 걸어봤지만, 야속한 통화 연결음만이 귓가를 맴돌았다. J가 잘못된 것은 아닌지 걱정되는 마음에 눈물이 왈칵 쏟아졌다.(나중에 알게 된 사실은 J가 보행자 신호로 바뀌자마자 급하게 건넌 것도 아니고, 안전하게 건너기 위해 한 템포 천천히 건넜음에도 불구하고 운전자가 무언가에 홀린 듯 브레이크도 밟지 않은 채 J를 친 것이었다.) 당장 서울에 올라가야겠다고 생각했지만, 내가 기차를 타고 간다 해도 J가 있는 곳에 도착하려면 적어도 4시간 이상이 소요됐다. 이러지도 못하고 저러지도 못하는 사이 시간이 얼마나 흘렀을까. 다행히 J는 의식을 잃지 않았고, 병원 응급실에 도착한 뒤 상황이 정리되자 바로 연락해 주었다.

"어, 지금 응급실이야. 척추에 골절이 있는 것 같대"

운전자의 신고로 119 구급차를 타고 병원으로 옮겨진

J는 요추 2, 3, 4번이 골절되었다는 결과를 받았다. 하마터면 하반신 마비가 올 정도로 위험천만한 사고였다. 멀리 시골에 있는 부모님이 병원에 도착할 때까지 잠시 보호자 역할을 한 것은 J의 몇 기수 위 선배 장교였다.

'나는 J가 아플 때 아무 도움도 주지 못하는구나. 내가 이 사람에게 해 줄 수 있는 게 대체 뭘까.'

장거리 연애를 하는 동안 J는 작게는 몸살부터 크게는 이런 교통사고까지 겪었고, 나는 그에게 아무런 도움이 되지 않는 존재라는 생각이 들었다. 게다가 J의 연락을 기다리며 병원 수속부터 수술에 관한 내용을 검색하다 보니 우리나라 현행법상 그저 J의 연인일 뿐인 나는 그를 위해 해 줄 수 있는 일이 그다지 많지 않다는 사실을 알게 되었다. 중환자실 입원 시 면회를 하는 것도 쉽지 않으며, 수술에 동의를 하는 것은 가족이 아니면 불가능했다.

사실 나는 페미니즘을 접하고 난 후 결혼이라는 제도에 의구심을 가지고 있었다. 현행법상 결혼은 이성 간의 결혼만 인정하며, 엄마 아빠 그리고 아이로 이루어진 가족만이 정상 가족임을 은연중에 제시하기 때문이다. 이에 따라 이혼 가정, 조손 가정, 한 부모 가정, 나아가 동성 커플까지 많은 이들이 '정상적이지 않은' 가족으로 프레임 씌워져 사회에서 소외됐다. 가족의 형태를 국가가 정해 버리는 것이다. 이 제도 밖에 있는 이들은 국가가 제공하는 가족의 권리와 혜택을 완전히 누릴 수 없으며, 심지어는 함께하는 이가 아플 때 법적 보호자가 되어 줄 수 없는 경우조차 생겨났다.

고민스럽고 괴로웠다. J와 함께하고 싶지만 결혼하고 싶지 않다는 마음이 양립했다. 게다가 한국 사회에서 결혼이란 여성 개인을 지우고 누군가의 아내, 누군가의 며느리, 누군가의 엄마로 존재할 수밖에 없는 것이 아니던가. 그런 환경에서 과연 내가 행복하게 살 수 있을까. J와의 관계가 지금처럼 동등하게 유지될 수 있을까. 답을 낼 수 없는 고민들이 머릿속을 가득 메웠다.

한사코 괜찮다는 J의 말에 주말이 되어서야 서울로 올라가 병원에 입원해 있는 J의 면회를 갔다. 그 자리에서 처음으로 그의 어머니를 만났다. 두 사람 사이에서 나는 가족이 아닌 타인이었다. 그 기분은 마치 마음속 어딘가가 간지러운데 긁을 수 없는, 그런 답답함이었다. 지금 우리의 관계를 눈으로 확인하고 나니 절망감마저 느껴졌다.

J가 퇴원할 때까지 거의 매주 서울을 오갔다. 그의 얼굴을 볼 때마다 마음이 미어졌다. 관계에 대한 고민이 쳇바퀴 돌 듯 머릿속을 어지럽혔다. 그리고 A대학 퇴사를 기점으로 결심했다. 답을 낼 수 없는 질문은 일단 미뤄두고 일단 J와 가까워져 보기로. 서울로 가 그와 함께 우리의 관계에 관해 더욱 깊이 고민해 보기로 말이다.

새로운 보금자리

✎_____ A대학을 퇴사한 뒤 곧장 서울로 올라간 터라 거처를 정할 만한 여유는 없었다. A대학을 금요일에 퇴사해 그다음 주 월요일 B대학에 출근하는 스케줄이었으니, 잊은 것 없이 짐 챙기고 올라간 것만으로도 대견하다고 해야 할 판이었다. 나는 일단 새로운 일터에서 가까운 모텔에 잠시 짐을 두고, 고시원이나 단기 월세를 구해야겠다고 생각하고 있었다. 그런 내가 딱해 보였는지 J의 가족들이 소매를 걷어붙이고 나를 도와주셨다.

J의 본가에는 원래 J와 부모님, 그리고 외할머니가 함께

살고 있었는데, 내가 서울로 올라왔을 땐 J는 부대 내 독신자 숙소(BOQ)에서 지내고 있었고, 부모님은 시골에 내려가 계셔서 큰 집에 외할머니 혼자 살고 계시는 상황이었다. 그래서 J의 가족은 흔쾌히 내게 빈방을 쓰는 건 어떨지 제안해 주셨다. J와 사귀고 있다고는 하나 오래 사귄 것도 아니고 가족과 이렇다 할 교류가 있었던 것도 아니었는데, 어른들은 죄송스럽고 부담스러워하는 내 마음이 하잘것없이 보일 정도로 살갑게 챙겨 주셨다. 딱히 다른 선택지가 있던 것도 아니었던 나는 거듭 감사드리며 염치 불고하고 J의 외할머니와 열흘간 동거하게 됐다.

많은 분들의 배려 덕분에 B대학으로 무사히 출근해 한숨 돌린 뒤 나는 곧장 집을 알아보러 다녔다. 어른들은 중요한 일이니 너무 무리하지 말고 여유를 가지고 집을 찾아보라 배려했지만, 호의에 기대 너무 오래 머무르는 것도 실례라고 생각했다. 그렇게 집을 알아보다 보니 서울에도 인턴으로 일할 때는 미처 몰랐던, 물가와 집값이 비교적 안정적인 지역이 몇 있었다. J의 본가가 있는 곳도 바로 그런 곳 중 하나였다. J의 본가가 있는 동네는 근처에 전통시장이 있어 생활 물가가 꽤 저렴한 편이었고, 월세도 다른 동네보다 낮았다. 개발의 틈바구니에서 떨어져 옛 모습을 고스란히 간직한, 아담한 동네였다. 나는 그 분위기가 무척 마음에 들었다. 그전에 내가 가지고 있던, 서울은 번잡하고 삭막하다는 이미지와는 너무나도 딴판인 곳이었다. 동네 어르신들이 편의점 앞과 정자에 앉아 수다를 떨고, 태권도 도복을 입은 꼬마 아이들이 스스럼없이 놀이터에서 뛰어노는, 저녁노을에 밥 뜸 들이는 냄새가 배어 있을 듯한 동네였다. 원래는 직장인 B대학과 가까운 곳에 집을 구하려 했지만, 동네를 살피다 보니 생각이 완전히 바뀌었다.

"저쪽에 괜찮은 방이 나왔다는데 보러 갈래?"

그런 생각을 하던 차에 때마침 J의 본가에서 멀지 않은 곳에 매물이 나왔다. 제법 널찍한 크기에 깔끔한 투룸이었다. 보증금과 월세도 생각했던 것보다 훨씬 저렴했다. 예전에 살던 방이 그보다 훨씬 작은 크기에 보증금이 두 배 가까이 비쌌던 걸 생각하면 정말 좋은 매물이었다. 나는 곧장 매물을 보러 J와 함께 부동산을 찾았다. 부동산으로 가는 길에 J는 어릴 때 부동산 자리에 비디오 가게가 있었어서 자주 갔다는 이야기를 해 주었다. 부동산에 들어서자 J의 눈앞에 낯익은 사장님 부부가 나타났다. 알고 보니 비디오 가게 사장님이 부동산으로 업종을 바꾸신 것이었다.

"엇, 사장님 그대로시네요! 어릴 때 비디오 빌리러 자주 오러 왔는데…… 저 여기 맞은편 공업사 2층에 살았거든요."

"어? 거기 황 사장님 댁 아니에요?"

"네네, 저희 외할아버지세요."

"아이고, 그렇구나~ 반가워요."

신기하게도 사장님은 J의 외할아버지를 기억하고 계셨고 화기애애한 분위기 속에서 계약까지 일사천리로 마무리 지을 수 있었다. 방을 구하러 다니면서 타향살이라는 게 모두 돈으로만 극복되는 건 아니라는 걸 깨달았다. 돈이 많지 않더라도 그 삭막한 도시에서 나와 연이 닿은 사람이 있다는 것만으로도 나는 훨씬 안심이 되었고, 인턴 시절 차갑게만 느꼈던 서울에 점점 익숙해졌다.

마음을 잇는 풍경

B대학에 첫 출근하고 며칠 뒤 행정실에서는 나를 위한 환영회 겸 회식이 열렸다. 팀장님과 과장님, 입사 동기와 나, 그리고 학생 조교까지. 총 다섯 명이서 학교와 가까운 삼청동의 한 한우 전문점에서 식사를 했다. 가볍게 술도 곁들이고 이런저런 이야기를 나누며 서로 친해지는 시간을 가진 뒤 우리는 역까지 태워 주겠다는 과장님의 차를 타고 광화문역으로 출발했다.

시답잖은 이야기를 나누며 이동한 지 몇 분이 지났을까, 창밖으로 보이는 가로수들과 세련된 가게들이 별안간 사라지더니, 탁 트인 공간이 나타났다. 한편으로는 고풍스러운 돌담과 기와지붕이, 또 한편으로는 건물 내부가 훤히 보이는 커다란 유리창으로 뒤덮인 건물이 어우러지고 중앙에는 거대한 광장이 도심을 가로지르고 있었다. 과거와 현재가 어우러진, 휘황찬란한 조명으로 아름답게 꾸며진 거리의 모습에 나는 넋을 잃었다.

"여기가 광화문이에요?"

동료들은 내 질문에 웃음기를 머금고 뭐라 말해 주었지만, 나는 창 너머로 보이는 풍경에 몰입해 있던 탓에 제대로 듣지 못했다. 출퇴근할 때 지나치던 길이었지만, 서울 지리가 익숙지 않아 지하철만 이용하던 나로서는 처음으로, 제대로 광화문을 마주하는 순간이었다. 지금껏 뉴스나 사진, 혹은 책으로만 보았던, 익숙하면서도 낯선 풍경에 내가 들어와 있다는 사실이 너무나도 신기했다.

'내가 진짜 서울에 오긴 왔구나.'

나는 그제야 상경했음을 제대로 실감했다. 물론 이전에도 인턴 일을 하면서 서울에서 잠시 살긴 했지만, 그때는 정신없이 집과 회사를 오갔던 탓에 서울에 올라왔다는 기분이 들지 않았다. 그때 내 눈에 보였던 것은 그저 목이 아플 정도로 올려다봐야 하는 높은 빌딩과 넓은 차도를 전시장처럼 가득 메운 자동차들, 그리고 이대로는 끼어 죽을 수도 있겠다 싶을 만큼 지하철에 가득한 지친 얼굴들뿐이었다. 그랬던 나였으니, 아름다운 야경을 자랑하는 광화문에 마음을 빼앗길 수밖에 없었다.

나는 역사적인 유적과 아름다운 자연으로 유명한 고향에서 나고 자란 덕분에 어렸을 때부터 자연과 옛것이 지닌 아름다움을 만끽할 수 있었다. 지역 주민 입장료 무료라는 혜택을 최대한 누리며 유명 관광지나 문화재로 지정된 고분 등을 틈날 때마다 산책했다. 스무 살 즈음 지냈던 집은 집 앞이 온통 논이었는데, 아침에는 마당의 참다래 나무에 앉은 참새들이 짹짹거리고, 저녁이면 논에서 개구리가 개굴개굴 시끄러울 정도로 울었다. 정적과 어둠만이 감도는 밤에는 달빛만이 남았다. 달빛은 생각보다 밝다. 가로등 불빛이 없다는 것을 잊을 정도로. 그 풍경을 보면 왜 현대 소설에서 '휘영청 밝은 달'이라는 표현을 했는지 알 것이다.

그런 풍경을 품에 안고 자란 덕분에 나는 사실 도시의 야경에 별다른 기대를 하지 않았다. 인공적인 불빛으로 이루어진 경치가 아름다울 리가 없다고 생각했다. 하지만 광화문은 달랐다. 현대적인 건물과 옛 건물이 함께 공존하는 광화문 광장을 바라보니 어쩐지 인턴 생활을 했던 때와 달리, 이번에는 서울에 잘 적응할 수 있을 것만 같았다. 옛 모습을 간직한 건물에서는 어딘가 고향의 분위기도 풍겼다. 조금은 이 서울에 마음을 열어도 될 것 같았다.

미래를 보는 J와
현재에 머물러 있는 나

내가 B대학에 적응하느라 우왕좌왕 시간을 보내는 사이 J의 전역일이 서서히 다가오고 있었다. 모시던 장군님과 함께 나보다 4개월 정도 일찍 서울에 올라온 J는 조금씩 전역 후 계획을 고민하며 준비를 시작했다. 학부 때 영상을 전공한 J는 졸업 후 장교로 군에 입대했는데, 이는 같은 시기에 입학한 동기들이 이미 군 생활과 대학 생활을 마치고 사회생활을 시작한 시점이었다.

J가 대학교 졸업이 2년 정도 미뤄진 것은 전공을 바꾼 탓이 컸다. 고등학생 때 영상 제작 동아리 활동에 열과

성의를 다하며 PD를 꿈꾸던 J였지만, 대학에 진학해서는 생명과학을 전공했다. 당시 동기들 사이에서는 생명과학을 전공한 뒤 의학전문대학원에 지원하는 것이 붐이었다. J 또한 20대 초반에는 부모님의 기대에 맞춰 의학전문대학원에 진학하려 했다.

하지만 J는 원치 않던 공부에서 즐거움을 찾지 못했고, 학사경고를 받을 정도로 성적 관리에 실패했다. 학교에도 쉽게 정이 붙질 않아 2학년이 되자 휴학하고 반수를 준비했다. 하지만 반수 해서 친 수능 성적으로는 현재 다니고 있는 대학조차 지원할 수 없었고, J는 마음을 다잡아 다시 캠퍼스로 돌아왔다. 그리고 부모님과 상의도 하지 않고 영상과로 전과했다.

영상과로 전공을 바꾼 J는 그제서야 학교에 적응하기 시작했다. 마음 맞는 친구를 만나고, 전공 수업 또한 J와 잘 맞았다. 영상을 만들기 위해 촬영하고 편집하다 보면 밤새는 날도 많았지만, 힘든 줄 몰랐다. 좋아하는 것을 찾고, 그것을 따랐을 때 오는 행복과 만족 그리고 몰입은 과거에 생명과학을 전공할 때와는 비교도 할 수 없었다.

이러한 경험을 통해 J는 부모님의 말을 무조건 믿고 따르기보다 자신이 좋아하는 것을 하고 계속 그걸 밀고 나가야겠다는 확신을 얻었다.

그렇게 대학에서 재밌게 영상을 제작하다가 졸업 후 군 입대를 하자, 전공과 관련 없는 일이 주어졌다. 촬영도 편집도 간간이 받아서 하던 영상 제작일도 하지 못한 채 3년을 보내게 되자 J는 깊은 고민에 빠졌다.

'친구들은 사회에 진출해서 각자 프로덕션을 운영하며 영상인으로서 커리어를 착실히 쌓아가고 있는데, 전역 후 3년의 공백을 따라잡을 수 있을까? 따라잡는다 하더라도 친구들과 경쟁하는 방법밖에는 없는 걸까?'

영상 쪽은 업계가 워낙 좁다 보니 대학에서 함께 공부하고 고생했던 친구들이 사회로 나오면 모두 경쟁 상대였다. J는 그 경쟁에 뛰어들기보다 내가 무엇을 하면 친구들과 함께할 수 있을지 고민했고, 모션 그래픽이나 3D 그래픽을 배우기로 결심했다. 그러면 촬영과 편집을 하는 친구들과 경쟁하지 않으면서도, 영상의 완성도를 높이기 위해 협업할 수 있었다. J는 바로 현업에서 활동하고 있는 실무자들의 그래픽 강의를 신청했다.

전역일이 다가올수록 J는 아침 일찍 부대에 출근하랴, 퇴근해서 강의 들으랴 바쁘게 지냈다. 단기 그래픽 강의를 이것저것 들어 보고 나니 자신과 잘 맞는다고 느껴졌는지 전역 후 3D 그래픽을 제대로 배워야겠다는 목표를 세웠다. J는 전역 후 방황하지 않고 곧바로 3D 그래픽으로 유명한 학원에 등록했다. 고급 과정까지 모든 과정을 수강하려면 꼬박 1년이 걸렸다. 군대에 있었던 3년의 시간을 따라잡기 위해 부랴부랴 취업하는 것이 아닌, 자신이 원하는 공부가 무엇인지 알아본 뒤 우직하게 1년이란 시간을 투자하는 J의 모습이 대단해 보였다.

내가 아는 J는 항상 그랬다. 한 발 앞의 미래를 내다보며 자신이 좋아하고 옳다고 믿는 방향을 향해 계속 밀고 나가는 사람. 현실에만 집중하며 후의 일까지는 미처 생각하지 못하는 나와는 사뭇 다른 모습이었다. 자신의 미래를 직접 그려 가는 J를 보며 스스로가 무엇을 좋아하는

지도 모른 채 주어진 주변 환경에 휩쓸리기만 하는 나를 돌아보는 시간이 필요하겠다고 생각했다.

우리가
결혼할 수 있을까

서울로 이사하고 J와 나는 매일 같이 얼굴을 마주했다. 장교로 복무 중이던 J는 일찍 퇴근한 날이면 밥 먹듯 야근하던 나를 차에 태워 직장에서 자취방까지 바래다주곤 했다. J의 본가에서 내가 지내던 자취방까지는 걸어서 2분 거리였는데, 늦은 밤 나를 데려다준 J는 외할머니가 계시는 본가에서 자고 이른 새벽에 부대로 출발했다.

그리고 내가 서울로 올라온 그해 겨울, J는 3년간의 군 복무를 마치고 전역했다. 전역 후에는 외할머니가 계신

서울 본가에 지내게 됨에 따라 우리는 더 쉽게, 자주 만날
수 있었다. 퇴근 후 J의 본가에서 외할머니와 저녁 식사
를 하기도 하고, 내 자취방에서 함께 요리를 만들어 먹기
도 했다. 요리 솜씨가 좋은 J가 주로 음식을 만들어 주었
고 나는 치우기 담당이었다. 이런 시간이 겹겹이 쌓일수
록 나는 우리가 마치 신혼부부 같다고 생각했다.

연애 초반에는 결혼에 대해서 전혀 언급을 하지 않던
J가 내가 서울로 올라온 후로 이따금 '우리가 결혼하면'
이라는 전제로 이야기를 꺼내곤 했다. 하루는 그런 J의
속마음이 궁금해져 우리가 결혼할 거라고 생각하는지 물
었다. J는 잠시 머뭇거리더니 멋쩍게 웃으며 말했다.

"당신이 서울에 올라와서 외할머니랑 잠시 같이 살
때, 엄마가 물어봤었어. 결혼할 거야? 그래서 못할 것 없
지? 하고 대답했었는데……. 너무 멋대로지?"

사실 J는 결혼 자체에 생각이 없었다고 했다. 그러나
연고도 없는, 좋은 기억도 없는 서울을 본인 하나만을 믿
고 올라온 나를 보고 평생 함께하고 싶어졌다고 했다. 또

한, J는 우리가 가치관이 비슷함은 물론 조금 다른 의견이 있더라도 충분한 대화를 통해 함께 성장해 나갈 수 있는 관계이기에 좋다고 했다.

우리는 평소 많은 생각들을 나눴지만, 그중에서도 페미니즘에 관해 자주 이야기했다. J는 나를 만나기 전에도 페미니즘에 관심을 가지고 있었지만, 주변에 함께 이야기를 나눌 만한 사람이 없어 그저 페이스북을 통해 자신의 생각을 공유했다. 그러나 나를 만나고, 내가 여자 혼자 사는 집인 것을 드러내기 싫어서 자취방에 J의 군화를 갖다 놓는다든지, 집에 혼자 있을 때는 절대 배달 음식을 시켜 먹지 않는 등의 모습을 지켜보며 여성이 일상생활에서 겪는 공포를 간접적으로나마 경험하고 더욱 깊이 공감하게 되었다. 그렇게 J는 페미니즘에 대해 더 큰 관심을 가지게 되었다. 하지만 J는 스스로 페미니스트라고 말하는 것을 주저했다.

"나는 당신처럼 일상 속에서 그런 공포를 겪을 일이 없잖아. 나 자신을 페미니스트라고 부르기에는 당사자성이 너무 떨어지는 것 같아."

그러면서도 J는 군 내의 페미니즘과 관련된 이슈가 있으면 나와 기꺼이 대화하고 싶어 했다.

J는 나의 관심 분야에, 심지어 J 자신은 관심 가지지 않아도 삶에 큰 지장 없을지 모르는 페미니즘에 지속적으로 함께 관심을 가져 주었다. 그런 J를 보며 우리의 미래를 그려 보았다. 나는 결혼이라는 제도 속에서 우리의 균형이 깨지는 게 두려웠다. 하지만 J는 꾸준히 노력했다. 나의 두려움, 더 나아가서 한국 사회에서 여성들이 내는 목소리를 외면하지 않았다. 나는 그런 J를 보며 혹시 그와 결혼하더라도 우리는 함께 성장해 나가는 관계가 될 수 있을 거라는 생각이 들었다.

보내는 사람 :
차아란 (계약직)

B대학에서 내가 담당한 업무는 외부 기관을 위한 교육 컨설팅 업무였다. 그래서 A대학과 달리 교내 학생을 대하는 일은 거의 없었다. 100여 명이 넘는 학생들이 단체 채팅방에서 쉴 새 없이 질문을 던지는 일도, 학생과 교수님에게 오는 곤란한 전화를 받을 일도 없었다. 심지어 내가 일하는 부서에는 L대리 같은 사람도 없었다. 나만 일을 대충 하는 건가 걱정이 될 정도로 부서 직원들 모두가 일에 열심이었다. 그처럼 모든 것이 만족스러운 B대학이었지만, 여기서도 나를 괴롭히는 것

이 존재했다. 그것은 사람이 아니라 B대학에 만연한 차별이었다.

B대학의 교내 시스템은 특이하게도 메일에 이름과 함께 직급이 표시됐다. 취지는 자신보다 직급이 높은 사람에게 실수하지 않도록 하기 위한 배려일 거라 예상되지만, 문제는 계약직 직원들 이름 옆에 직급 대신 계약 형태가 떴다는 것이다.

보내는 사람: 차아란(계약직)
받는 사람: 홍○○(과장)

이런 식으로 말이다. 처음에는 기분이 나빴다. 뭔가 계약직은 직원 취급도 안 해 주는 기분이랄까. 하지만 내가 기분 나쁘다고 어디 가서 바꿔 달라 할 수도 없는 노릇이고, 또 그렇다고 메일을 안 보낼 수도 없어서 나는 학교 시스템에서 로그인하지 않아도 메일을 확인할 수 있는 Outlook 프로그램으로 메일을 확인하곤 했다.

"아란 선생님, 메일 쓸 때 이름 옆에 계약 형태 뜨는 거 혹시 알고 계셨어요?"

하지만 그게 신경 쓰였던 것은 나뿐만이 아니었던 듯했다. 내가 일하는 부서에 새로운 계약직 동료가 들어왔는데, 그는 일을 시작하고 며칠 뒤 황당하다는 듯 내게 말을 걸었다.

"아, 맞다. 뜨더라고요. 저도 그거 진짜 별로라고 생각했어요."

"아니, 미친 거 아니에요? 다른 대학에서도 일해 봤지만, 이런 경우는 진짜 처음이네요."

그는 어이가 없다는 듯 내게 그의 컴퓨터 화면을 보여주었다.

보내는 사람: 김○○(임시직)

솔직히 계약직이야 교내에 흔하니까 그럴 수 있겠다 싶었는데, 임시직까지 구분 지어 놓았을 줄은 몰랐다. 너무한 처사라는 생각이 들었다. 나는 그가 임시직으로 취업한 줄도 몰랐고, 그것은 일을 하는데 하등 도움이 되는 정보도 아니었다. 그런데 그 사실을 B대학 교직원이라면 모두가 알 수 있다니. 아니, 알려고 하지 않아도 알아야 하다니. 왜 그렇게까지 불필요한 정보를 드러내야 하는지 도무지 이해할 수 없었다. 이해할 수 없는 부분은 그것뿐만이 아니었다. B대학에서는 업무에 필요한 프로그램의 정품키 넘버까지 정규직에게만 주었다. 그 프로그램은 대학에서 일하는 모든 직원들의 업무에 필수적인 것임에도 말이다. 그리고 멍청하게도(어쩌면 의도적이게도) 이 사실을 '전체 공지'로 알렸다. 나는 공지를 읽으며 내가 지금 21세기에 살고 있는 것이 맞는지 의심스러웠다. 조선? 아니 그 이전에 극명한 계급 사회로 회귀한 기분이었다.

"저는 별로 쓸 일이 없으니까 아란 선생님이 쓰는 게 좋을 거 같아요."

그 공지를 본 옆자리 정규직 동료가 다소 민망해하며 내게 본인의 인증키를 공유해 주었다. 그는 내가 일하던 부서가 성장하면서 충원된, 나보다 더 늦게 부서로 들어온 사람이었다. 평소에는 그와 하하 호호 웃으며 일했는데, 그 공지를 기점으로 그와 나 사이에 벽이 그어진 듯한 기분이 들었다. 나는 그때 그의 인증키를 받긴 했지만, 그 상황에 감사해야 할지 이 민망한 상황을 초래한 윗선에 분개해야 할지 감이 잡히지 않았다.

사실 대학에서는 정규직과 비정규직을 향한 차별이 만연했다. A대학에서 일할 때도 정규직만 메일에 대용량 파일이 첨부 가능하거나 SMS 문자 발송이 가능하다는 등 말도 안 되는 상황을 겪을 때가 많았다. 정말 쉬운 일인데, 내게 허가되지 않은 탓에 전전긍긍하다가 옆자리 정규직 직원의 클릭 한 번에 간단히 해결되는 걸 보면서 얼마나 허탈했던지……. 그간 많은 부당한 일을 겪어 왔지만, B대학의 차별은 정말 그중에 최고였다.

도대체 무엇 때문에 그렇게까지 하는 걸까. 정말 어이없는 것은 대학에서 하는 차별이 대개 대학 업무에서 필수적인 부분에서 일어난다는 것이었다. 만약 비정규직들이 그 부분에서 일을 하지 않으면 어떻게 감당하려고 그러는지, 참 우습고도 안타까웠다. 대학이란 조직은 계약직을 '곧 나갈 사람'이라고 선을 긋는 듯했다.

CHAPTER 2
#07

우리다운 결혼식

 "당신은 언제 결혼하고 싶어?"

"음…… 내년쯤?"

서울에 올라온 지 반년이 지났을 무렵, 우리는 만난 지 1년이 지나 있었다. 가을에 시작했던 우리의 첫 만남은 사계절을 함께 보낸 후 다시 새 겨울을 맞이했고, 나는 J에게 결혼 생각이 있는지 물었다. 우리는 길게 연애하지는 않았지만, 그 시간 동안 어떤 사람보다 많은 생각을 주고받았다. 그리고 우리는 이 사람이라면 결혼해도 될 것 같다는 믿음을 가졌다. J는 갓 전역해 자리를 잡지 않은 상황이었지만, 크게 문제 될 것은 없었다. 그는 누구보다 자신의 미래를 열심히 준비하고 있었으니까. 남들은 생활이 안정된 뒤에 결혼하라고 성화였지만, 내가 일을 하고 있었으니 상관없었다. J가 자리를 잡을 때까지는 내가 일을 하며 꾸려 가면 된다고 생각했다.

"근데, 서울은 예식장 예약이 치열해서 내년에 결혼하려면 지금부터 결혼 준비를 시작해야 한다던데?"

어디선가 들었던 말을 꺼내자 J는 사뭇 놀라며 연말에 부모님께 인사드릴 일정을 잡아 보겠노라 대답했다. 나도 고향에 계신 부모님께 전화를 걸어 J와 정식으로 인사를 드리러 가겠다고 했다. 우리는 천천히, 조금씩 준비하기로 했다. 연말에 양가 부모님께 인사를 드리는 것을 시작으로 우리의 결혼 준비는 시작되었다.

의도하진 않았지만, 우리는 딱 1년의 텀을 두고 결혼 준비를 시작했다. 그래서 월간 미션을 수행하듯 한 달에 한 가지씩 준비했다. 첫 달은 예식장 예약, 그다음 달에는 신혼여행 비행기표 예약, 스드메 업체 예약 이런 식으로 말이다. 보통은 결혼 준비하면서 많이 싸운다던데, 우리는 여유 있게 준비를 해서 그런지 전혀 싸우지 않았다. 사랑하는 사람과 평생 함께할 준비를 한다는 생각에 그저 행복하고 들떴다.

결혼식을 준비하면 할수록, 나는 결혼식 과정에 고민이 많아졌다. 저마다 축제를 즐기는 방식이 다르듯 나는 나만의 축제를 만들고 싶었다. 누군가에게는 그게 웨딩드레스일 수도, 혹은 예식장일 수도 있겠지만, 나는 결혼식에서 내가 '꽃처럼' 보이지 않기를 바랐다. 이따금 아버지에게서 남편으로 넘겨지는 신부의 모습이 종종 꽃처럼 보였다. 나는 결혼식에서도 '나'를 잃고 싶지 않았다. 사랑하는 사람과 함께하는 삶을 선택한 것은 나 자신이다. 그저 예쁘기만 한 '꽃'이 아닌, 신랑과 동등한 존재로, 결혼식뿐만 아니라 그 이후의 삶도 나란히 걸어갈 것임을 보여 주고 싶었다. 그래서 나는 결혼식 때 신랑과 동시 입장하기로 했다.

그러기로 마음먹긴 했으나, 막상 양가 부모님이 마음에 걸렸다. 그분들께 어떻게 말을 하면 불편하게 받아들이지 않을까 고민을 했다. 그런데 웬일, 내가 이야기를 꺼내기도 전에 양가 어머니가 입을 맞춘 듯 동시 입장하는 게 어떻겠냐고 먼저 제안하셨다. 두 분은 당신들의 결혼식을 떠올리며 아버지 손에서 신랑 손으로 건네지던 순간이 썩 기분 좋지 않았음을 성토했다. 이미 지나간 결혼식을 되돌릴 수는 없으니 딸과 며느리의 결혼식만은 그러지 않으면 좋겠다고 말씀하셨다. 간혹 딸을 둔 아버지가 신부와 함께 입장하는 로망이 있는 경우도 있다는데, 양가 어머니들의 30년 묵은 한 앞에서 친정아버지도 별다른 이견을 내지 않고 하고 싶은 대로 하라고 말씀하셨다.

그리고 결혼식 준비를 하면서, 한 가지 이상한 점을 발견했다. 우리가 방문한 모든 웨딩 업체가 나에게만 연락하고, 나의 승인만을 기다린다는 것이다. J와 함께 갔고, J의 연락처도 알고 있는데 그들은 하나같이 나에게만 연락했다. 결혼 준비를 하는 동안 나는 여느 직장인처럼 업무와 잦은 출장으로 정신없이 바빴다. 한 번 일에 집중하면 그것에만 몰입해야 하는 내 성격상, 수시로 걸려 오는 웨딩 업체의 전화는 큰 스트레스였다. 개인적인 통화다 보니 매번 사무실 밖으로 나가 전화를 받아야 했고, 통화가 끝나고 자리로 돌아와서는 한 번 깨진 흐름을 되찾기 위해 애써야만 했다. '결혼식은 신부를 위한 날이고, 신부가 모든 걸 결정한다'는 것이 변하지 않는 웨딩 업계의 룰인 모양이었다. 그렇다면 남편은 꿔다 놓은 보릿자루인가. 우리는 그런 상황이 이해가 가지 않았다. 한 번은 이런 적도 있었다. 결혼 준비를 할 때 어떤 것이 필요하고 대략의 예산은 어떻게 짤지 감을 잡기 위해 J와 웨딩 박람회에 갔다. 근데 부스를 돌며 구경을 해도, 플래너에게 상담을 들어도 모두 내게만 말을 걸었다.

"결혼은 혼자 해? 같이 상담 왔는데 왜 당신만 보고 이야기하지?"

박람회를 나오면서 J가 참다못해 툴툴거렸다. J는 소외당한 기분이라고 했다. 아직까지는 대다수 예비부부의 경우 신부가 결정권을 쥐고 있다 보니 업체에서 신부에게만 관심을 쏟는 게 이해가 안 가는 바는 아니나 아무리 그래도 과하다 싶었다. 나는 직장에서 맡은 일도 바쁘고

멀티도 안되는 성격인 데다 무엇이 더 예쁘고 가성비가 좋은지 비교해서 고르는 것은 눈썰미 좋은 J가 더 잘했다. 실제로 웨딩 촬영을 할 업체부터 결혼반지 선택까지 J의 의견을 대부분 반영했다. 우리는 일반적인 성 역할에 구애받지 않고 서로가 할 수 있는 것을, 가장 적합한 일을 도맡아 했다. 어느 순간부터는 나 대신 J에게 연락하라고 말하고 나오는 일이 버릇처럼 되었다.

결혼식 전날
퇴사당했습니다

B대학에서 업무를 시작한 것이 엊그제 같은데, 어느덧 취직한 지 2년에 다다르고 있었다. 사업 규모가 크다 보니 일도 많고 클라이언트도 까다로웠지만, 나는 성실하고 책임감 있게 부서의 모든 히스토리를 아우르면서 큰 애정을 가졌다. 부서의 일이라면 하나부터 열까지 모르는 게 없었다. 그래서 신규 입사자가 들어오면 그들에게 업무를 가르쳐 주는 것도 모두 내 몫이었다.

사업 결과 보고서 작성과 기획서 작성 마무리로 바쁘던 어느 날, 팀장님 자리로 전화가 왔다. 우리 부서는 클라이언트와 대부분 이메일이나 메신저로 업무 전달을 주고받아 전화가 걸려 오는 일이 거의 없었다. 고개를 갸웃거리며 부재중인 팀장님을 대신해 수화기를 들었다.

"여보세요?"

"여보세요. 팀장님 자리에 안 계신가요?"

"아, 네. 잠시 자리를 비우셨는데 어디서 전화 왔다고 전달해 드릴까요?"

"인사팀입니다."

인사팀이라는 말에 나는 무언가 스치는 생각이 있어 흘끗 달력을 쳐다보았다. 그때가 내 계약까지 딱 두 달이 남은 시점이었다. 직감적으로 나와 관련된 이야기라는 생각이 스쳤다. 나는 팀장님이 돌아오면 전달 드리겠다고 말한 뒤, 전화를 끊고 자리에 메모를 남겼다. 십여 분 뒤, 자리로 돌아온 팀장님은 내가 남긴 부재중 메모를 보고는 곧장 인사팀에 전화를 걸었다.

"아, 네…… 네."

막 전화를 걸었을 때는 쾌활하던 팀장님의 목소리가 통화가 길어질수록 점차 어두워졌다. 2년 가까이 함께 일해 온 팀장님이었기에 목소리에서 난감한 기색을 읽어내기란 그리 어렵지 않았다. 통화가 끝나자 팀장님은 잠시 인사팀에 다녀오겠다고 나가시더니, 다녀오시고서는 아무렇지 않은 얼굴로 업무를 보셨다. 무슨 일인지 여쭤보고 싶었지만, 클라이언트의 요청 사항을 기획서에 반영하느라 정신이 없어 그러지 못했다.

"아란 선생님. 괜찮으시면 잠깐 이야기 좀 할까요?"

시간이 흘러 퇴근을 하려고 옷을 챙겨 입는데 팀장님이 다가와 말을 거셨다. 나는 혹여 나쁜 일일까, 걱정스러운 얼굴로 팀장님을 따라 회의실로 향했다.

"선생님이 4월 초에 계약 만료죠? 이번에 근무 평가해서 재계약되면 무기 계약직으로 전환되실 거예요."

하지만 다행히도 팀장님에서 입에서 나온 말은 나쁜 이야기가 아니었다. 무기 계약직이라니. 무기 계약직이 되면 1년 단위로 계약서를 쓰게 되고, 정규직처럼 쉽게 자를 수 없는 등 언제 잘릴지 모르는 계약직의 서러움에서 한결 벗어날 수 있었다. 클라이언트가 무리한 요구를 할 때마다 다 때려치고 싶었는데, 이런 기회가 다 오다니! 안 그래도 J가 3D 그래픽을 좀 더 깊이 있게 공부하기 위해 디자인 대학원 진학을 준비하고 있어 내가 한동안 가정의 수입을 책임져야 하는 상황이었다. 나는 설렘 가득한 목소리로 물었다.

"학교에 무기 계약직으로 전환된 분이 많나요?"

"대여섯 분 정도 계시는 걸로 알고 있어요."

캠퍼스에서 일하는 전체 교직원 중 대여섯 명이라. 내가 그 몇 명 안에 포함될 수 있을까? 나는 팀장님의 대답에 불안감이 엄습했지만, 팀장님의 목소리는 밝았다.

"취업 규정을 찾아보니까 무기 계약직으로 전환하려면 부서장 추천서 등 몇 가지 필요한 서류가 있더라고요. 이런 서류들은 부서에서 적극적으로 준비할 테니 걱정하지 마세요."

팀장님은 그렇게 말하며 앞으로도 잘해 보자고 나를 다독였다. 면담을 마치고 집으로 돌아가면서 마음이 뒤숭숭했다. 팀장님이 저렇게까지 긍정적인 걸 보아 무기 계약직으로의 전환이 아예 신빙성 없는 것은 아닌 듯해 설레다가도 그간 학교가 보여 준 행동을 생각하면 금세 불안한 마음이 불쑥 일었다.

'그동안 두 대학에서 4년 가까이 일해 봤지만, 절대 이런 걸 해 줄 조직이 아닌데……'

B대학은 대학원생의 조교 노동권을 인정해 줘야 한다는 노동부 지침이 서게 되자 조교들을 대량 해고한 전례도 있었다. 그 일로 우리 부서에서 함께 일하던 대학원생 조교도 내부 지침에 따라 일을 그만두어야 했다. 계약직 교직원이라고 뭐 다를까. 내가 지켜본 바에 따르면 대학이란 조직에서 계약직 직원은 적당히 쓰다가 만료 기간이 다 되면 버리는 부품에 지나지 않았다.

면담 이후 팀장님은 여러 번 인사팀을 다녀오셨고, 어떤 날은 두툼한 서류 봉투를 들고 가시기도 하셨다. 분주한 팀장님을 보면 부서에서 총력을 다해 나의 재계약을 추진하는 것처럼 보였다. 나도 무언가 도움이 되고 싶었지만, 아이러니하게도 나는 당사자이면서 할 수 있는 게 아무것도 없었다. 그렇게 한 달이 흘렀다. 나는 다가오는 결혼식에 정신이 팔려 무기 계약직 건은 잊고 결혼식에 총력을 기울였다. 그러던 어느 날, 내게 메일 한 통이 도착했다.

메일에는 내 퇴직연금 계좌에 퇴직금이 입금되었다는 내용이 담겨 있었다. 계약이 종료되기까지 한 달하고 이틀을 앞둔 때였다. 팀장님께는 아무런 말도 듣지 못했는데, 가슴이 철렁했다.

'역시 재계약 안 되는구나.'

팀장님께 메일 이야기를 꺼내니 그럴 리 없다며, 인사팀에서 긍정적으로 검토하겠다는 답을 들었다고 했다. 그러고는 다시 이야기를 나눠 본 후 알려 주겠다며 나를 안심시켰다. 그렇게 이틀이 지나고, 계약 종료까지 딱 한 달이 남게 되었다. 내 퇴사가 확정이라면 근로기준법상 인사팀이든 팀장님이든 그날 결과를 알려 줘야 했다. 팀장님은 온종일 업무로 바빠 보였고, 나는 구태여 먼저 말을 걸지 않았다. 어쨌든 그날 중으로는 답을 들을 테니까. 하지만 퇴근할 때가 다 되어서도 팀장님은 아무런 말이 없었다. 결국은 답답해진 내가 참다못해 팀장님께 먼저 말을 걸었다.

"팀장님, 인사팀에서는 뭐라고 답변이 왔나요?"

"그게, 하……."

팀장님은 깊은 한숨을 쉬며 한참 뜸을 들인 뒤에야 겨우 말문을 열었다. 부서에서 강력하게 추천했음에도 불구하고 계약은 예정일에 종료될 것. 그것이 내가 한 달가까이 기다려서 듣게 된 대답이었다. 그 결과를 내게 말하는 팀장님은 내가 기억하는 팀장님의 얼굴 중 가장 어두운 얼굴을 하고 계셨다.

"대학에서는 무기 계약직 전환에 예외를 남기고 싶지 않다고 하더라고요. 이미 무기 계약직으로 전환이 된 선생님들은 아주 오래전에 전환된 분들이고, 최근에는 전환된 경우가 없다고 해요. 다른 부서에서도 아란 선생님과 비슷한 케이스가 몇 있었는데, 교수님이 강력하게 어필해도 학교에서 안 해 줬다고 하더라고요."

팀장님의 말을 듣고 나는 실망하긴 했지만, 그보다 더 큰 후련함이 나를 가득 채웠다. 감사한 일이긴 했지만, 그동안 팀장님의 기대가 나를 힘겹게 했던 것이 사실이었다. 팀장님의 기대를 따라 나도 기대하게 됐고, 그러지 말아야 하는 것을 앎에도 자꾸 희망 고문을 당했다. 나는 팀장님께 감사를 표하고, 한동안 내 마음을 옥죄던 희망 고문이 끝났다는 생각에 미련 없이 자리를 정리했다. 다 쓴 스케줄러, 탁상용 선풍기, 방석 등 각종 개인 물품을 퇴근할 때마다 조금씩 집으로 가지고 왔다.

그렇게 며칠이 지났을까, 오랫동안 기다렸던 인사팀의 최종 답변이 오고, 마지막 출근일이 정해졌다. 결혼 특별 휴가와 아껴 둔 연차 휴가를 끌어모으니 딱 결혼식 전날 이 마지막 출근일이었다. 나는 하던 업무를 계속하면서 틈틈이 인수인계서를 쓰고, 동료들과의 마지막 인사를 준비했다.

동료들도 나의 퇴사에 착잡한 마음을 감추지 못했다. 그들은 J가 현재 공부 중이고 대학원 진학을 준비 중이라는 것, 그리고 가정의 수입을 책임 지던 내가 퇴사하게 되면 우리 집은 한동안 수입이 끊긴다는 것도 알았다. 그 때문이었을까, 마지막 출근을 며칠 앞두고 열린 송별회 는 웃음이 이어지다가도 이따금 무거운 정적이 흘렀다. 나는 걱정하는 동료들에게 어떻게든 될 거라고, 담담하 게 웃어 보였다.

그 말은 거짓이 아니었다. 이상하리만큼 크게 걱정되지 않았다. 예상치 못한 퇴사였는데도 한동안 수입이 없을 거라 예상이라도 한 것처럼 혼수가전 할부가 다 끝났고, 업무 일정도 깔끔하게 결혼식 전에 마무리되는 것을 보아 앞으로 마냥 나쁜 일만 있을 리 없다는 예감이 들었다. 막연한 느낌이었지만, 그것만으로도 큰 위로가 되었다.

물론 나의 성과와 관계없이 오로지 '예외를 남기고 싶지 않다'는 말도 안 되는 이유로 계약을 연장하지 않은 학교의 방침에 억울함이 남는 건 사실이었다. 그들의 말처럼 나는 다른 사람으로 쉽게 대체할 만할 사람일까. 부서의 시작부터 함께해 누구보다 부서의 업무와 상황을 잘 안다고 자신하는 내가 또 다른 계약직으로 쉽게 교체될까. 나는 그렇게 생각하지 않았다. 처음 대학 교직원으로 일을 시작할 때 내가 가장 많이 들었던 말이 '신의 직장'이라는 말이었는데, 이런 상황을 겪고 그 말을 되뇌면 정말 웃음밖에 안 나온다. 대학을 벗어나서는 경력으로 인정받기도 힘들며 사람 취급도 제대로 못 받는, 이런 신의 직장이 어디 있다는 말인가.

퇴사 후 어떻게 할 거냐는 물음에 나는 우선은 쉬기로 했다고 답했다. 4년 가까이 직장 생활을 하며 정신적으로도 육체적으로도 지칠 대로 지친 상태였다. A대에서는 과중한 업무와 동료와의 마찰로 이미 번아웃이 왔었고, B대에서는 잦은 출장과 까다로운 클라이언트 때문에 피로가 누적되어 이유 없이 몸이 쑤셨다.

'앞으로의 일은 일단 신혼여행을 다녀와서 생각해 보자.'

결혼식 전날, 동료들과 함께 점심을 먹고 얼마 남지 않은 개인 물품을 챙겨 일찍 퇴근해 돌아가는 지하철은 전날의 퇴근길만큼 혼잡하지 않았다. 집에 도착한 나는 회사에서 가지고 온 마지막 짐을 정리하는 대신 다음 날 결혼식이 끝나고 출발할 신혼여행 짐을 하나둘 싸기 시작했다. 꾸역꾸역 올라오는 감정까지 꾹꾹 캐리어에 눌러 담아서.

신부 대기실을
박차고 나온 신부

퇴사한 바로 다음 날이 결혼식이라니. 참 얄궂은 일이라고 생각한 것도 잠시, 막상 당일이 되자 회사에 관한 생각은 조금도 할 수 없을 정도로 바쁜 일정이 이어졌다. 헤어 메이크업과 드레스 착용만으로도 진이 쏙 빠질 만큼 힘들었지만, 사실 나에게는 더욱 긴장되는 미션이 기다리고 있었다. 바로 '하객 맞이'였다.

왜 신부는 무조건 신부 대기실에 앉아 하객을 맞이해야 하는 걸까. J와 나는 결혼식 식순에 관해 고민하다가 신부 대기실을 쓰는 대신에 연회장 입구에 함께 서서 하객을 맞이할 방법을 논의하게 됐다. 남편과 양가 부모님만 밖에서 손님들을 맞이하는 게 이상하게 느껴졌기 때문이다.

그래서 나는 스스로 납득할 수 있는, 의미 있는 방법으로 하객들을 맞이할 방법을 찾았다. 하지만 아무리 인터넷을 뒤지고 주변에 물어봐도, 신부 대기실을 사용하지 않은 사례는 많지 않았다. 결혼 커뮤니티에 물어봐도 다들 그저 남들 하는 대로 하라고 했다. 신부는 결혼식 당일 새벽부터 메이크업을 받아서 이미 피곤한 상태고, 길고 무거운 드레스에 높은 구두까지 신기 때문에 식이 진행되는 내내 서 있기는 힘들 거라고 했다. 혹여 드레스가 오염되기라도 하면 업체에 손해 배상을 해야 할 수도 있다며 겁을 주기도 했다. 그런 말들을 듣고 다짐이 흔들리지 않았다면 거짓말일 것이다. 그렇게 힘들다는데 내가 할 수 있을까? 드레스 업체에서도 안 된다고 하면 어떡하지? 처음 마음먹을 때의 호기는 어딜 가고 어느새 내 마음속에는 걱정이 가득했다.

"한 번뿐인 결혼식인데."

그렇게 겁에 질려 있던 내게 J가 이렇게 말했다. 한 번뿐인 결혼식. 원래 그 말은 내가 제일 싫어하는 말이었다. 결혼 준비를 하면서 주변에서 그 말을 귀에 박히도록 들어서 나중에는 누가 'ㅎ'만 꺼내도 화가 치솟았다. 막말로 평균 수명 100세 시대에 내가 결혼을 한 번 할 줄, 두 번 할 줄 어떻게 알겠는가. 대다수의 경우 그 말은 결혼 관련 업체 직원들이 번지르르 한 말로 비싼 것을 권할 때 꺼내던 말이라 더더욱 싫었다.

그런데 J가 말해 준 그 말은 고민하며 갈팡질팡하던 나를 다잡아 주었다. 결혼식이 한 번일지 두 번일지 인생은 모르는 것이라고 센 척하긴 했지만, J와 식을 올리는 순간, 그 자체는 다시 찾아오지 않을 순간이었다. 돌아오지 않을 그 순간에 후회를 남기지 말자. 고생이라고 해 봤자, 그날 하루, 그 순간뿐이니까. 길고 긴 인생에서 잠깐 편하자고 내린 선택 때문에 남은 삶 내내 후회를 떠올리고 싶지 않았다. 그냥 내가, 우리가 하고 싶은 대로 하자. 그날의 결혼식을 오랫동안 기억할 사람은 다른 사람이 아닌 나와 J, 우리 둘이니까.

그리고 마침내 기다리던 결혼식 날. 예식장에 도착해 잠시 신부 대기실에서 가족들과 사진을 찍은 뒤, 나는 곧장 연회장 입구로 향했다. 그리고 다짐한 대로 신랑과 함께 서서 하객을 맞이했다. 오랫동안 나를 지켜본 친척들, 부모님 지인, 친구들, 결혼식 전날 마지막 출근을 위로해 주었던 사무실 동료들 모두 연회장 입구의 나를 보고 깜짝 놀랐다. 기혼인 친구들은 힘들지 않냐고 걱정하기도 했다. 놀라고 낯설어 하는 하객들의 표정을 보는 재미가 꽤 쏠쏠했다.

실제로 서서 하객을 맞이해 보니 힘들었냐고 묻는다면, 내 대답은 No다. 키가 작은 J 덕분에 평소 신던 낮은 굽과 별로 차이 나지 않는 웨딩 슈즈를 신기도 했고, 무엇보다 오랜만에 반가운 얼굴들을 만나서 인사하니 즐겁고 신이 났다. 걱정스러웠던 체력도 엔도르핀이 돌아선지 없는 체력마저 생긴 것 같았다. 몸이 좀 힘들면 신혼여행 가는 비행기 안에서 자면 되지, 하고 긍정적으로 생각하며 결혼식을 즐겼다.

그리고 정말 신혼여행 가는 비행기 안에서 기절하듯

잠들었다. 퇴사의 고민은 잠시 미뤄 두고, 잠시 우리 둘 만의 시간에 집중할 때다.

CHAPTER 3

우리는
페미니스트 부부입니다

WIFE & HUSBAND
FEMINIST LIFESTYLE

잠시 멈춤

아침 일찍 일어나 부리나케 준비하고 사람들 틈바구니에 둘러싸여 출근하는 삶은 더는 없었다. 느지막이 일어난 아침, 나를 맞이하는 것은 텅 빈 방 안과 어찌할 바를 모르는 새 쌓인 공허한 시간뿐이었다. 지난 4년간 쉬지 않고 일하다가 갑자기 맞이한 여유로운 나날들. 나는 그 시간을 무엇으로 채워야 할지 좀처럼 알 수 없었다.

일단은 쉬기로 했다. 그동안 열심히 일한 내게 그 정도 보상은 당연하다 생각하기로 마음먹었다. 오전 10시가 넘도록 침대에 뒹굴뒹굴하다가 배가 고프면 뭉그적거리며 일어나 브런치를 먹고, 책을 읽거나 산책을 다녀오고, 그간 미뤄 둔 영화나 책을 보며 한가로이 시간을 보냈다. 처음에는 여유롭고 이게 사람 사는 거지 싶었지만, 그것도 며칠뿐. 하루가 이틀이 되고 일이 주 넘어가자 점점 불안해졌다. 인턴을 그만두고 본가에서 웅크리고 있던 그때의 나처럼 말이다.

매일 새벽 두세 시만 되면 나도 모르게 눈이 떠졌고, 불안으로 잠들지 못하는 새벽이 이어졌다. 퇴사하기 전까지는 담담했지만, 막상 현실로 닥치니 앞으로 뭘 하고 살아야 할지 막막했다. 그리고 화가 났다. 누구에게? 첫째로는 이렇게 될 수도 있다는 것을 알고 있었으면서도 미리 대처하지 않고 멍청하게 있었던 내게 화가 났고, 두 번째로는 나를 졸지에 실업자 신세로 만든 B대학에 화가 났다. 자기들이 철저한 갑이라 생각하며 계약직 직원을 다 쓴 부품 대하듯 하는 오만함, 그리고 그래도 몇 년간 함께 일한 동료인데 한순간에 나 몰라라 내친 뻔뻔함에 너무나도 화가 났다.

하지만 불안해하고 분노한다고 달라지는 것은 없었다. 나는 어쩌면 살면서 처음으로, 내가 무엇을 할 때 행복하며 무엇을 좋아하는지, 그러니까 '나'에 관해 알아가 보기로 했다. '나는 무엇을 할 때 행복하지? 뭘 좋아하지?' 사회생활을 하면서 많은 것을 배웠고, 어디 가서 어른이라고 말할 수 있을 만큼 나이를 먹었음에도 도무지 내가 좋아하는 것이 무엇인지, 무엇을 할 때 가장 행복한지를 몰랐다. 사실, 일을 할 때는 그런 것이 그리 중요하지 않다고 생각했다. '내'가 뭘 좋아하는지보다는 '남'이 나를 좋게 보는 것이 중요했기 때문이다. 어디서도 피해를 주지 않고 1인분 이상의 역할을 하는 것. 그게 내겐 가장 중요했다. 그래서 업무에 한 치의 빈틈도 없이 일을 처리하려 노력했고, 행여 나에 관한 고민이 고개를 치켜들면 앞선 일에 집중하며 억지로 내리눌렀다. 퇴사하고 혼자 있는 시간이 늘어가자, 그런 고민들은 마치 이때를 기다렸다는 듯 좁은 틈새를 비집고 튀어나왔다.

나는 스스로에 집중하는 데 있어 가장 먼저, 내가 왜 이렇게 잠깐의 쉼에도 스트레스받고, 끊임없이 내 역할을 증명해야만 하는 사람이 되었을까를 고민했다. 곰곰이 생각해 보면 엄마의 영향이 컸던 것 같다. 엄마는 고등학교를 졸업하자마자 일을 시작해 돈을 버는 족족 외가에 생활비로 보냈고, 결혼 후에도 맞벌이로 쉴 틈 없이 일하며 집안의 생계를 책임져 왔다. 그리고 힘겹게 번 그돈은 모두 자신보다 남을 위해, 그리고 당장의 기쁨보다는 미래의 안도를 위해 썼다. 그런 엄마의 굽은 등을 보며 자란 덕에 내 성미도 엄마를 쏙 빼닮았다. 당신의 가난을 물려주고 싶지 않다는 엄마가 옳게 사셨다는 것을 증명해 드리고 싶어, SKY 만큼은 아니더라도 나름 이름난 명문 고등학교와 대학을 졸업했고, 취직하고는 강박적으로 소비와 저축을 관리하며 한 번도 돈을 허투루 쓰지 않았다.

나는 바로 그런 내가 진짜 '내'가 아닌, '엄마를 투영한 나'라는 생각이 들었다. 그리고 그런 '나'를 구축하기 위해 은연중에 많은 스트레스를 받아 왔다는 것을 깨달았다. 그래서 조금 느슨해져 보기로 했다. 그래야 진짜 나를 제대로 볼 수 있을 것 같았다. 물론 허랑방탕하게 산다는 것은 아니었다. 무작정 미래를 걱정하며 옥죄어 있기보다 현재에 조금 더 치중해 보기로 한 것이다. 조금 슬픈 이야기긴 하지만, 결혼식과 동시에 백수가 된 상황 역시 그 시작을 위한 좋은 상황이었다.

덕분에 원래라면 J가 대학원에 진학하고 내가 어떻게든 수입을 담당하기로 했던 우리의 계획도 조금 변경되었다. 역할을 바꿔 J가 한동안 우리 집의 수입을 책임지기로 한 것이다. 나는 많이 미안했지만, J는 이러한 상황을 선선히 받아들여 주었다.

서른 넘은
기혼 여성의 취업 도전

결혼식이 있고 한 달 뒤 J는 직장을 구했다. 하지만 결혼 준비로 모아 둔 돈을 모두 쓴 데다 신혼 초기다 보니 여기저기 들어가는 돈이 많아 J의 월급만으로는 둘이 살기가 빠듯했다. 그래서 '나'를 향한 고민도 좋지만 일단은 함께 일해야겠다는 생각으로 구직 사이트를 뒤졌다.

"이제야 시간 여유가 좀 생겨서 당신이 좋아하는 일이 뭔지 찾아가는 중인데, 덜컥 취업이 돼서 일을 시작해야 하면 어쩌려고 그래? 좋아하는 일을 찾지도 못하고 다시

원점으로 돌아가는 거야.”

J는 그런 나를 못마땅해하며 말렸다. 그러나 나는 J가 나 때문에 원래 하려던 계획도 포기하고 일을 하는 데다가 상황도 좋지 않은데 태평하게 있기가 미안했다. 그래서 나는 혹시 몰라 보험을 들어 둔다는 식으로 밝게 대답했다.

“일을 다시 시작할지, 좋아하는 일이 뭔지 계속 찾아볼지는 일단 합격하고 나서 생각해도 되지 않을까? 그렇게 금방 합격하리란 법도 없고 말이야.”

그 말이 씨가 된 걸까. J의 우려와 달리, 나는 번번이 서류 전형에서 떨어졌다. A대학과 B대학 모두 일하던 부서의 크기는 작았지만, 꽤 큰 예산이 투입된 프로젝트에 참여했었기에 교육 운영 부분에서는 나름대로 경력을 잘 다져 왔다고 생각했다. 그래서 관련 업종이라면 금방 새 직장을 구할 수 있으리라 여겼는데, 어쩐지 첫 이직을 했던 20대 때에 비해 더 어려운 느낌이었다. 그때 불현듯 언니들이 하던 말이 머릿속을 스쳤다.

'여자는 서른 넘으면 서류 통과가 잘 안돼.'

증명할 수는 없지만, 공공연하게 떠도는 말이었다. B대학에서 함께 일했던 계약직 동료도 30대가 되니 이상할 정도로 서류 전형에서 자주 떨어진다고 말했던 적이 있다. 당시에는 스치듯 넘겼던 그 말이 이제야 피부 깊숙이 체감됐다. 그뿐이면 다행이었을까, 문제는 나이만이 아니었다. 어쩌다 운이 좋아 면접을 보러 가게 돼도 '신의 직장'에 다녔다는 편견 때문에 시작부터 면접관의 오해를 마주해야 했던 적이 많았다. 한 번은 이런 적도 있었다.

"워라밸 강소 기업으로 선정되었다는 기사를 보았는데, 초과 근무가 많나요? 초과 근무를 할 경우에는 야근 수당을 지급하시나요?"

"아, 교직원으로 일하면서 야근을 별로 안 하셔서 잘 모르시나 본데……."

그저 궁금해서 물었을 뿐인데, 면접관은 자신의 편견에서 비롯된 오해로 내게 비아냥댔다. 그 말을 들으니 있는 체력 없는 체력 짜내서 일했던 순간들이 머릿속을 스쳤다. 야근 수당도 받지 못하고 매일 늦게까지 일했는데,

왜 그런 말을 들어야 하는지 받아들이기 어려웠다. 그리고 자신이 경험해 보지 않은 직무에 대해 그렇게 쉽게 단정하는 면접관이 대단히 무례하다고 느꼈다. 안 그래도 서류 합격이 어려워지며 그토록 높다는 취업 문턱을 생생히 경험하고 있는데, 거기에 편견까지 더해지니 공연히 힘이 빠졌다.

그러던 어느 날, 한 헤드헌터로부터 연락을 받고 모 회사에 정규직 면접을 보러 가게 되었다. 새로 만들어진 부서에 신규 교육 프로그램을 운영할 담당자를 찾는 자리였다. 업무도 그렇고 환경 역시도 B대학과 유사했다. 잘할 자신이 있었다. 그래서 한껏 기대에 차 있었는데, 첫 면접 질문부터 뭔가 이상했다.

"이력서에 적힌 도로명 주소가 ○○로인데, 여기가 어디죠?"

"○○동입니다."

"여기는 뭐…… 혼자? 아니면 누구랑 같이 살고 있나요?"

사는 동네가 어딘지, 가족이랑 사는지 혹은 자취를 하는지 그런 건 왜 궁금했을까? 그게 면접을 여는 첫 번째 질문일 만큼 중요했던 것일까? 내 나이가 결혼 적령기였기 때문에 왠지 내 결혼 여부를 떠보는 듯했다. 나는 그런 질문에 대답해야 할지 말지 고민하다가 그냥 남편과 살고 있다고 대답했다.

"아아~ 결혼하셨어요?"

면접관은 불필요하게 과장된 제스처를 하며 놀랐다. 당연히 미혼인 줄 알았다는 반응이었다. 기분이 썩 좋지 않았지만, 다행히 그다음부터는 정상적인 질문이 오갔다. 중간중간 압박 질문도 있었지만 당황하는 기색 없이 솔직하고 담담하게 대답했다. 그래서 중간부터는 처음에 느꼈던 기분 나쁨도 많이 가셨다. 면접 내내 이번에는 합격할 것 같다는 강한 확신이 들었다.

"면접 잘 봤어?"

면접을 마치고 같은 건물 1층 카페로 내려가니 J가 나를 반기며 물었다. 면접 시작 전까지 물 한 모금 편히 마시지 못했던 나는 J가 미리 주문해 둔 아이스 아메리카노를 벌컥벌컥 들이켰다.

"응, 전체적으로 괜찮았어. 한 가지 싸한 부분은 있었지만."

"뭔데?"

"음…… 첫 번째 질문은 그럴 수 있다 치고. 마지막 질문이 좀 그랬어."

"질문이 어땠는데?"

"합격하면 곧바로 신규 사업에 투입되는데, 혹시 애 낳는다고 금방 그만두는 거 아니냐고 묻더라."

마찬가지로 첫 번째 질문을 던졌던 면접관이 던진 질문이었다. 그는 그 질문을 하면서 '예상하지 못한 가정의 급작스런 일'이라는 말로 노련하게 에둘러 물었다.

"그래서 뭐라고 대답했는데?"

"양가 부모님도 그런 말씀 안 하신다고 했지. 사실이기도 하고."

"우문현답이네."

J가 쓸쓸하게 웃었다. 이렇게까지 잘 본 면접은 처음이었는데, 자꾸 마지막 질문이 마음에 걸렸다. 설마 그런

이유로 채용을 안 하진 않겠지? 항상 신생 부서에서 근무했기 때문에 새로운 일에 적응하는 나름의 노하우가 있고, 더군다나 B대학에서 아주 비슷한 업무를, 그것도 지원한 부서의 예산보다 훨씬 큰 규모로 프로젝트를 진행했던 경험이 있는데 설마 떨어뜨리겠어. 나는 그런 생각을 하며 불안한 마음을 애써 잠재웠다.

그러나 며칠 뒤, 아침 일찍 도착한 면접 결과 문자를 보고는 그때 느꼈던 싸함이 틀리지 않았음을 깨달았다.

'안정적이고 적극적인 커뮤니케이션 능력이 돋보이며 업무에 대한 성실성, 기본적인 지식은 훌륭합니다만, 좀 더 적합한 분이 계셔서 이번에 함께 하지 못하게 됐습니다.'

나에 대한 좋은 말로 시작했다가 두루뭉술한 이유로 불합격을 통보하는 문자에 잠이 확 깼다.

"유부녀라서 안 뽑았다는 말을 참 뱅뱅 돌려서도 말한다."

나와 함께 문자를 본 J는 화가 나 목소리를 높였다. 나는 아무 말 없이 곰곰이 생각했다. 내가 그때 면접에서 뭔가 실수를 했나? 하지만 아무리 생각해도 떠오르는 게 없었다. 차라리 '이러이러해서 떨어뜨렸습니다.'라고 솔직하게 이유라도 알려 주었다면 아쉽지만 깔끔하게 넘겼을 텐데, 대체 어디가 남보다 부적합했던 것인지 어림짐작도 할 수 없으니 답답했다. 그 답답한 마음에 나는 자꾸만 마지막 질문을 떠올렸다.

"아직도 그런 질문을 하는 곳이 있어?"

"역시 유리 천장이 있네. 이게 정말 현실이구나."

"이러면 누가 결혼을 하고 누가 애를 낳냐?"

나의 면접 결과와 면접 질문 내용을 들은 양가 부모님은 당장이라도 회사에 쳐들어갈 것처럼 화를 내셨다. 평소 양가 부모님은 우리에게 임신과 출산에 대해 일절 왈가왈부하지 않았다. 그건 우리 부부의 인생 계획이었고, 아무리 부모라도 그것에 대해 개입하는 것은 선을 넘는 일이라고 생각하셨다. 그 때문에 가족도 아닌 제3자가 채용 면접에서 가족계획에 대해 언급을 한 것 자체를 굉장히 불쾌해하셨다.

"그런 질문을 왜 해? 결혼하면 다 애 낳아? 애 안 낳고 사는 '딩크족'도 있는데?"

시어머니는 참다못해 이런 말까지 던지셨다. 우리가 '딩크'로 살겠다고 한 것은 아니었지만, 시어머니의 반문에 우리 속이 다 시원했다.

그때의 불쾌한 기억 때문에 한동안 J와 나는 면접의 마지막 질문을 주제로 많은 대화를 나눴다. 신체의 자유는 모든 개인에게 인정되는 당연한 권리지만, 현재 우리 사회에서 임신만큼은 당사자가 아닌 다른 사람의 의지가 많이 반영된다. 여성은 결혼을 하고 아이를 낳는 것이 당연하다고 여기는 풍조. 은연중에 이런 인식이 강요되면서 결혼한 여성들의 취업 문이 더 좁아진 것은 아닐까. 그런 생각을 하다 보니 면접 중에 '양가에서 아기 얘기를 하지 않으므로 출산 계획은 없는 것과 마찬가지다.'라고 말한 나의 답변도 적절하지 않았다는 생각이 들었다. J가 분개하며 말했다.

"차라리 남편이 집에서 아기 볼 거라고 답변해야 했을까?"

"아니……"

J의 말에 나는 아빠가 보냈던 카카오톡 메시지로 대답을 대신했다.

"그 회사 호로 새끼다. 그런 데 가지 마라."

미래를 위한 투자

잠시 취업을 시도하기도 했지만, 다행히 (?) 계속 낙방하기도 했고, 여러모로 J가 배려해 준 덕분에 나는 '나'와 '내가 좋아하는 것'에 관해 두세 달가량 충분히 고민할 수 있었다. 물론 그 과정이 순탄치만은 않았다. 하루는 당장 할 수 있는 일이면 아무거나 해 보자는 생각을 했다가 또 다음 날에는 그러지 말고 조금 시간을 두고 천천히 내가 정말 하고 싶은 일을 찾아보자고 했다가 또 그다음 날이면……. 답이 없는 문제였기에 오히려 쉽게 답을 내릴 수 없었다. 그 과정에서 내가 이것밖에 안 되는 사람인가 스스로 실망도 많이 했다.

'내가 좀 더 주체적으로 일할 수 있으면서도 정년에 구애받지 않고 오랫동안 일할 수 있는 방법이 없을까?'

그렇게 고민한 결과, 답은 점차 하나로 귀결되어 갔다. 나는 어떤 일이 됐든 언제 목이 떨어질까 걱정하지 않으면서도 나를 성장시킬 수 있는 일을 하고 싶었다. 사실 일은 하려고만 하면 당장에라도 할 수 있는 일은 많았다. 하지만 그간의 경력을 살릴 수 있는 일들은 대개 계약직 혹은 파견직이었고, 매뉴얼에만 익숙해진다면 누구라도 할 수 있는 업무가 많았다. 당장 수입은 해결할 수 있겠지만, 더는 그렇게 살고 싶지 않았다.

내가 그런 생각을 하는 데 가장 큰 영향을 준 것은 J였다. J는 대학 때 영상을 전공했고, 또 따로 여러 관련 강의를 수강하며 실력을 쌓은 덕분에 촬영과 편집, 거기다 이제는 모션 그래픽과 3D 작업까지 가능한 유능한 프리랜서였다. 학부 때부터 작업했으니 프리랜서 경력만 거의 10년 차를 바라봤다. 그래서 한창 공부 중이었음에도 그를 찾는 곳이 많았고, 아는 지인의 부탁이나 괜찮은 일이면 며칠 동안 프리랜서로 프로젝트에 참여하기도 했다.

'기술이 있으면 꼭 회사 생활을 하지 않더라도 먹고살 수 있구나.'

모든 프리랜서가 그렇지 않고, 장단이 극명하다는 것도 알았지만, 워낙 훌륭한 예시인 J를 옆에서 보았기 때문일까, 나도 그처럼 괜찮은 기술을 배워 프리랜서가 되어 보고 싶다는 생각이 들었다. 프리랜서가 되면 어찌 됐든 내게 가장 큰 스트레스였던 부조리한 시스템과 잘 맞지 않는 동료에서 벗어날 수 있었으니 말이다.

그렇게 막연히 기술을 배워야겠다고 생각은 했지만, 그렇다고 뭘 배워야 할지는 여전히 미정이었다. J가 출근하면 청소기를 돌리고, 마른빨래를 개고, 저녁 식사를 준비하면서도 내가 무엇을 가장 잘할 수 있을지, 어떤 일이 내 적성과 맞을지를 고민하고 또 고민했다. 지나치게 생각이 깊다 싶을 수도 있지만, 남의 말 한마디와 그저 되는 대로 앞날을 정했던 지난날과 달리, 이번에는 스스로 나의 앞길을 정하고 싶었다. 그래야 후회가 없을 거 같았다.

"여보가 어렸을 때 계속하지 못해 아쉬웠던 게 있다고 하지 않았어?"

그러던 어느 날, 이야기를 나누다 문득 J가 말했다. 그리고 그 순간, 머리가 번개를 맞은 듯 찌르르 울렸다. 어렸을 때 나는 그림 그리기를 좋아했었지만, 집안 형편상 도중에 그만둘 수밖에 없었다. J와 대화를 나누다 그 이야기를 몇 번 한 적이 있었는데, 용케 기억하고 있던 모양이었다. 시간이 많이 지나 사라진 줄 알았는데, 미술에 대한 열망이 아직 남아 있었던지 계속 가슴이 두근거렸다. 어렸을 때와는 달리 관심사가 회화에서 시각디자인 쪽으로 바뀌긴 했지만 말이다. 나는 당장에라도 관련 교육을 듣고 싶었지만, 그러기 쉽지 않았다. 어렸을 때와 마찬가지로 집안에 수입이 일정치 않아 긴축 재정을 해야 했기 때문이다.

"여보. 미래를 위해 투자하는 건데 아까워하면 안 돼."

그런 내게 J가 넌지시 응원을 건넸다. 어쩜 필요한 말만 그렇게 해 주는지, 그 말을 듣고 속이 뻥 뚫리는 듯했다. 맞다, 이건 투자다. 투자를 아까워해서는 아무것도 하지 못한다. 나는 그날 바로 디자인 관련 기본 강의를 신청했다.

사실 디자인 강의를 듣기 전까지, 나는 포토샵이나 일러스트레이터 등의 디자인 편집 프로그램을 한 번도 써본 적이 없었다. 그런 프로그램과 연관된 적이라면 기껏해야 디자인 용역을 썼을 때 주고받았던 메시지 정도? 그래서 걱정이 많이 됐다. 어릴 때 미술 학원에 다니며 화가가 되고 싶다는 꿈을 꾼 적도 있지만, 사실 같은 예체능 영역에 묶여 있다 뿐이지 그때 배운 미술과 디자인은 전혀 다른 영역이라고 봐도 무관했다.

디자인 강의를 들으러 가는 첫날, 걱정 반 설렘 반 심장이 너무 떨렸다. 다른 사람은 다 하는데 나만 못 따라가면 어쩌나 하는 생각이 자꾸만 떠올랐다. 아무것도 모르는 사람을 위한 '완전 초급' 강의라고 해서 신청하긴 했지만, 혹시 말만 완전 초급이지 어느 정도 기본기를 갖춘 사람을 대상으로 하는 강의면 어쩌나 걱정됐다. 다행히 수업은 정말 기초부터 시작했다. 게다가 선생님이 칭찬 부자셨다. 첫 수업에서는 CMYK와 RGB의 차이를 알려 주는 것부터 시작해 일러스트레이터에서 동그라미와 네모 그리기를 배웠는데, 선생님은 내가 서툴게 동그라미와 네모를 따라 그리기만 해도 너무 잘했다며 칭찬을 아끼지 않았다. 민망하면서도 기분이 좋았다. 선생님이 그렇게까지 칭찬을 하니 뭔가 좋은 모습을 보여 주고 싶어 날마다 배운 걸 복습하며 적극적으로 수업에 임했다.

그렇게 수업이 진행되면 진행될수록 점차 할 수 있는 것들이 늘어갔다. 처음에는 동그라미와 네모를 그리는 것도 벅찼던 내가 어느새 포스터와 리플릿 디자인 등 실무 위주로 진행되는 고급 과정까지 척척 소화해냈다. 처음에는 우선 초급 과정을 들어 보면서 디자인이 나와 맞는지 확인해 보자는 마음으로 가볍게 시작했는데, 정신을 차려 보니 어느새 고급 과정까지 수강하고 있었다. 디자인은 한 가지 일에 깊이 몰입하는 나의 성향과 너무나도 잘 맞았다. 회사에서는 이런 성향 때문에 일에 집중하는데 전화가 오거나 팀장님이 갑자기 업무 지시를 하면 스트레스를 받았었는데, 디자인은 작업물을 내기까지 오롯이 나 혼자서 디자인 툴 위에서 씨름하면 되다 보니 스트레스 받을 일이 거의 없었다.

　어떤 날은 조금 더 완벽한 과제를 하기 위해 일어나서 잠들 때까지 온종일 컴퓨터 앞에 앉아 있기도 했다. 당장에 해야 할 일이 생기자 미래에 대한 불안으로 잠 못 이루던 새벽들이 많이 줄었다.

진짜 좋아하는 일을
찾는다는 것

✎———— 나는 디자인 강의를 듣는 틈틈이 평생교육사 2급 자격증을 따기 위한 실습도 다녔다. 특별히 어떤 목적을 염두에 두고 한 것은 아니었고, 원래 B대학교에 다녔을 때 온라인 수업까지 이수해 놓고 근무 시간과 실습 시간이 겹쳐 따지 못했던 것이 아쉬워 시간이 남는 김에 따놓자는 생각으로 한 것이었다. 한 달 동안 실습 교육을 받으면서 내가 앞으로 이 자격증이 필요한 일을 할 상황은 없을 것 같다는 생각이 들었다. 예전과 달리 교육 관련 업무에 전혀 흥미를 느끼지 못했기 때문이

다. 평생교육사 2급 자격증이 있으면 평생교육진흥원 등
준 공공기관에서 일하는 데 도움이 돼 혹시 몰라 들은 것
도 있었는데, 더는 관료 조직에서 일하고픈 생각이 들지
않았다. 아마 배우고 있던 디자인 강의에 흠뻑 빠져서 그
랬던 것 같다.

결국 한 달여의 실습 시간은 실습 과정을 이수했음을
인증하는 네모난 종이 쪼가리 하나 얻는 것 말고는 별다
른 수확 없이 끝났다. 하지만, 내게는 내가 무엇을 선호하
는지 재확인할 수 있었다는 점에서 큰 의의가 있었다. 만
약 하지 않았다면 가 보지 않은 길에 대한 궁금함이 평생
나를 거슬리게 했을 수도 있는데, 그 궁금증을 미리 해소
할 수도 있었고 말이다. 누군가는 어차피 하지도 않을 일
에 괜히 시간 낭비한 게 아니냐고 말할 수도 있겠지만, 나
는 조금 돌아가더라도 후회 없이 나의 길을 찾아가고 싶
었다.

그래서 그 일을 계기로 이 기회에 다양한 것을 경험해
보자는 생각으로 이것저것 체험하기 시작했다. 지금껏
내 세상은 대학교 안에만 머물렀으니 조금 더 넓은 세계

로 나가고 싶었다. 동대문에서 옷을 떼 와서 파는 과정이 궁금해 의류 사입* 강의와 소상공인 대상으로 하는 인사 노무 강의를 듣기도 하고, 플라워 리스**를 만드는 무료 원데이 클래스와 미싱 기초 수업을 듣기도 했다. 그러면 서 내가 하나의 결과물이 나오기까지의 과정을 궁금해하 고, 손에 잡은 것을 빨리빨리 끝내고 싶어 하는 성질 급 한 사람임을 깨달았다. 지금껏 미처 알지 못한 내 모습을 발견하는 건 생경하면서도 즐거웠다.

그리고 그 과정 속에서 역시 디자인이 나와 잘 맞는다 는 확신을 얻었다. 디자인 툴을 다루며 결과물을 만들어 내는 과정도 재미있었고, 단시간에 몰입해 빠르게 결과 물을 내려는 성미는 요구하는 시간에 준수한 퀄리티의 작업물을 내는 데도 도움이 됐다. 물론 급한 마음에 이따 금 망치기도 했지만, 한 번 틀어지면 걷잡을 수 없는 미 싱이나 꽃꽂이와는 달리 디자인 툴에는 되돌리기 단축키

---

*   사입 : 상거래를 목적으로 물건 따위를 사들임.
** 플라워 리스 : 꽃으로 만드는 둥그런 고리 모양의 화환.

라는 강력한 무기가 있었기에 나는 거침없이 무기를 휘두르며 앞으로 전진해 나갔다.

어느덧 디자인 툴도 제법 손에 익었겠다, 자랑삼아 작업물들을 인스타그램에 올렸는데 신기하게도 주변에서 로고나 인쇄물 디자인 의뢰가 하나둘 들어오기 시작했다. 내가 잘할 수 있을까 하는 걱정은 한 10초 정도, 그 다음에는 사람들이 내 작업물을 돈을 내고 맡길 만한 작업물로 본다는 사실에 너무나도 신이 났다. 디자인 강의를 들으면서 모든 과정을 수강하고 난 뒤에는 어떻게 일을 받고 작업을 할지 고민하던 게 우스울 정도로 운이 좋았다. 내가 디자인한 로고나 포스터가 실제로 쓰이는 것을 보자 큰 성취감이 일었다. 작업물이 클라이언트의 각종 홍보물과 간판에 사용될 때, 그리고 공연장 입구 곳곳에 붙었을 때의 가슴 뭉클한 느낌은 정말이지……. '나는 아직 쓸모 있구나' 하는 생각에 얼마나 기뻤는지 모른다.

그때 마침 J가 통근이 오래 걸리던 회사를 관두고 프리랜서로 다시 작업을 시작했는데, 나는 이왕 이렇게 된 거

사업자 신청을 해 보자는 생각이 들었다. 개인으로 일을 하는 것보다 사업자가 되어 사업자 번호를 발급받으면 정산이 한결 수월하고, 여러 가지 혜택도 있어 등록하는 것이 여러모로 유리했다. 그리고 사실 언젠가 내 이름으로 사업자 등록을 하고 어엿한 프리랜서 디자이너로 일하고 싶다는 소망도 있었다. 그게 지금이면 안 될 이유가 있나? 나는 그날 바로 J와 상의해 사업자 신청을 했다. 그리고 사업자 대표를 누가 할지 한참 이야기를 나누다가 여성인증기업 인증을 염두에 두고 내가 대표를 하기로 했다. 여성인증기업 인증을 받으면 공공기관의 경쟁 입찰 시 여러모로 유리했으니까. 그렇게 퇴사한 지 6개월 뒤, 2년짜리 계약직이었던 나는 서류상 직원 한 명을 둔 어엿한 대표가 되었다.

"아이고, 이러다 쓰러지지."

사업자를 신청한 이유의 절반 정도는 '기분'이었는데, 막상 사업자를 내고 보니 예상보다 할 일이 많았다. 단순히 의뢰받은 작업에 대해 정산을 받고 전자세금계산서를 발급해 주면 끝나는 것이 아니었다. 반기별 부가세 신고(우리는 영세해서 반기별로 했다)를 시작으로 여기에 J를 직원으로 고용함에 따라 건강보험과 국민연금을 매달 내고,(우리는 가족이라 고용보험과 산재보험은 가입이 안 됐다.) 월급을 이체한 후 원천세 신고를 하는 등 해야 할 서류 작업이 한두 가지가 아니었다. 큰 회사라면 누군가에게 맡겼겠지만, 매출이 크지 않아서 세무사를 쓰는 건 말도 안 되는 일이었다. 그래서 매출 매입을 기록하고 장부를 정리하는 등 필요한 행정 업무는 대표자로서 모두 내가 처리했다. 틈틈이 의뢰가 들어온 프로젝트도 진행하고 말이다. 정말 몸이 열 개였으면 더 바랄 게 없을 정도로 정신없었지만, 그래도 내가 더는 한 단체의 부품이 아니라 한 사업에 꼭 필요한 대표가 되었구나 하는 생각에 뿌듯했다.

하지만 한 가지, 걸리는 게 있었다. 이렇게 짧게 배워놓고 과연 이 업계에서 오래 살아남을 수 있을까 하는 것이었다. 디자인 툴을 이용해 결과물을 만들어낼 수는 있게 되었지만, 업계의 다른 전문가들과 비교하면 아직 햇병아리 수준이었다. 기껏 내가 재미를 느끼는 일을 찾았고, 한창 즐겁게 일하는 중인데, 기왕이면 더 잘하고 싶었다. 그래서 한참을 고민한 뒤, 조심스레 J에게 물었다.

"저기, 내가 디자인 전문학교에 가는 거 어떻게 생각해?"

배움은 언제 시작해도
늦지 않다

사실 디자인 전문학교 진학에 대한 고민은 디자인 강의를 듣는 내내 꾸준히 해 온 것이었다. 강의를 신청한 수강생 중에는 아무래도 디자인 전공자가 많았다. 현장에서 디자인 실무를 하는 사람도 있었고, 개강 전에 디자인 툴을 익히고자 찾아온 디자인 전공 학부생도 있었다. 그런 사람들 사이에 있다 보니 비전공자인 나는 나도 모르게 움츠러들었다. 하지만 대회에 출전한 것도 아니고, 내가 가장 못하는 사람일 수도 있다는 것은 이미 수강 신청하기 전에 염두에 두고 있었기에 최대한 주

눅 들지 않으려 애쓰며 그저 주어진 것에 최선을 다했다.

다른 사람도 다 그렇겠지만, 나는 과제를 할 때 보통 참고할 만한 여러 디자인 레퍼런스를 찾아봤다. 특히 레퍼런스에서 그 디자인을 아름답게 만드는 요소가 무엇인지를 찾고 뽑아내는 데 많은 시간을 할애했다. 예를 들어, 웹페이지 디자인을 한다고 했을 때 적어도 수십 개의 레퍼런스를 찾았고, 그중에서 공통적으로 사용하는 요소를 찾아내 내 과제에 적용했다. 컬러 사용도 내가 느끼기에 트렌디하고 눈에 띄는 컬러가 어떤 것인지, 좋다고 느낀 레퍼런스에서 공통적으로 드러난 컬러와 컬러 대비를 찾아내 참고하기도 했다. 그렇게 하나를 해도 여러 요소를 비교해 보고 최선을 다한 덕분인지, 감사하게도 강의를 듣는 동안 작업물의 평이 그리 나쁘지 않았다. 같은 수강생 중에서 내가 디자인 전공자가 아니라는 말을 듣고 놀라는 사람도 있을 정도였다.

그렇게 칭찬이 쌓이고, 할 수 있는 것들이 늘어나자 조금씩 욕심이 생겼다. 아무리 고급 과정까지 수강을 해도 시각적으로 무엇이 아름다움을 결정하는지 등 미적인 기본 지식이 부족하다는 갈증이 있었다. 그런 부분도 더 제대로 배우고 싶었다. 그래서 디자인 전문학교에 들어가 보면 어떨까 고민하기 시작했다. 그러나 막상 이것저것 알아보다 보니 자꾸만 나이가 걸렸다. 서른이 되어서 다시 학생이 되는 게 두려웠다.

'다른 친구들은 이미 다 자리를 잡아 각자의 분야에서 연차를 쌓아가고 있는데 나는 다시 학생으로 돌아가도 되는 걸까? 전공도 아닌 새로운 걸 배우려고 이 나이에…… 게다가 지금도 생활이 빠듯한데 디자인 전문학교까지 가면 그동안 생활비는 어떻게 감당하지?'

나와 같은 강의를 듣던 사람들 중에 내 나이대의 사람은 드물었다. 오히려 나를 가르치던, 이미 실무에 잔뼈가 굵은 강사가 알고 보니 나와 동갑이었다. 그래서 그럴까, 서른이라는 숫자가 왜 그렇게 많게 느껴지는지. 어렸을 때는 서른쯤 되면 자신만의 커리어를 쌓으면서 이런저런 프로젝트를 진두지휘하고 있을 줄 알았는데……. 내가 한없이 작아 보였다.

그렇게 의기소침해 있던 내가 마음의 안정을 되찾을

수 있었던 것은 자료를 찾으면서 본 미술사 속 화가들 덕분이었다. 그쪽으로는 별다른 지식이 없던 내가 알 정도로 유명한 화가들이 의외로 늦은 나이에 대성한 경우가 많았다. 폴 고갱은 34세에 전업 화가가 되었고, 칸딘스키는 30세에 미술 공부를 시작했다. 그런 화가들의 삶을 살피다 보니 마음이 한결 편안해졌다.

'배움에 늦은 나이는 없구나. 늦었다고 아무것도 하지 않으면 그저 아무것도 하지 않은 사람으로만 남겠지?'

물론 내가 더 공부한다고 칸딘스키만큼 유명해질 리는 없지만, 그래도 나도 그들처럼 도전해 보고 싶었다. 그들역시 나처럼 고민 속에서 한 발을 내디뎠을 테고 그것이운 좋게도 성공으로 가는 길이었을 테니까. 그들처럼 내앞에 놓인 길도 걸어가지 않는 이상 어떻게 될지 모르는길이었다. 설령 실패하더라도 그 몇 %를 보고 도전하는것이 도전하지 않고 0%에서 머무르는 것보다 더 가치있지 않을까.

그때부터 나는 비전공자도 지원할 수 있는 디자인 전문학교를 몇 곳 알아보았다. 그중에서 글꼴 안상수체를 만든 안상수 님이 교장으로 계신 파주타이포그라피학교(PATI)와 삼성그룹에서 운영하는 삼성디자인교육원(SADI)이 가장 괜찮아 보였다. 두 곳 다 교육부 인가를 받지 않은 채 운영되는 곳이라 졸업 후 석사 학위가 나오진 않았지만, 입학을 하면 디자인의 기초 지식부터 치열하게 배울 수 있는 데다가 업계에 평이 좋았다. 나는 곧장 둘 중에서 일정이 맞는 파주타이포그라피학교에 지원했지만, 얼마 뒤 발표 날 화면에 뜬 글을 읽으며 망연자실했다.

결과는 불합격. 서류조차 합격하지 못했다.

학교에 입학해 예상보다 높은 학업의 문턱에 도중에 포기하는 것은 상상해 봤지만, 설마 시작조차 하지 못하고 떨어질 거라고는 상상도 못했다. 내가 너무 자만한 걸까, 만만하게 본 걸까. 속에서 커다란 돌덩어리가 쿵, 하고 가슴께를 틀어막았다.

지원했던 디자인 전문학교에 떨어지고, 한동안 망연자실해 있던 나는 뒤늦게 J의 그래픽 작업 동료로부터 홍익대 국제디자인전문대학원(IDAS)에서 비전공자들의 지원도 받는다는 사실을 알게 됐다. 원래 내가 가장 가고 싶었던 곳은 대학원이었다. 하지만 디자인 대학원에 진학하는 것은 전공자들만 가능한 줄 알고 애초에 찾아보지도 않았었다. 미리 잘 찾아봤으면 좋았을 걸 하는 후회가 밀려들었다. '비전공자'라는 프레임을 누구보다 싫어했으면서, 정작 내게 프레임을 씌운 것은 다름 아닌 나 자신이었음이 황당하고 창피했다. 그러나 어찌 됐건 지나간 일은 되돌릴 수 없었고, 나는 다음 원서 접수 때는 그런 것에 얽매이지 말고 내가 할 수 있는 최선을 다해 보자 생각하며 깊이 반성했다.

이윽고 기다리던 대학원의 원서 접수 기간이 돌아왔다. 바로 전 해에 지원했던 파주타이포그라피학교에서 서류 전형에서 떨어졌던 터라 이번에는 아예 포트폴리오를 처음부터 싹 다시 만들어 제출했다. 그리고 코로나19로 인해 면접은 화상회의로 진행한다는 공지가 있어 미리 화면을 세팅했다. 갖고 있던 촬영용 조명을 모두 꺼내 놓고, 포일로 반사판까지 만들어 어떻게 해야 화면에 내 모습이 가장 잘 나올지 살폈다. 그야말로 사활을 걸었다. 그렇게 만반의 준비를 한 덕분일까, 이번에는 문제없이 서류 전형에 합격했고, 면접에서도 조금 떨긴 했지만 비교적 문제없이 교수님의 질문에 답했다.

"벌써 발표가 되었다고?"

그렇게 무사히 시험을 보고 떨리는 마음으로 합격 소식을 기다리는데, 우연히 대학원 준비생들이 모인 온라인 커뮤니티를 구경하다가 홍익대의 합격자 발표가 이미 하루 일찍 발표되었다는 글을 발견했다. 나는 그 글을 보자마자 합격자 명단을 확인하려 허둥지둥 홈페이지에 접속했다. 늦은 저녁, 혼자 거실에 앉아 떨리는 손으로 합격자 조회를 눌렀다. 그리고 화면을 보기 전 잠시 눈을 감고 떨리는 마음을 추스른 뒤 슬며시 눈을 떴다.

합격.

"악!"

"왜, 왜, 무슨 일이야?"

화면에 뜬 합격이란 글을 읽자마자 나는 나도 모르게

비명을 질렀다. 늦은 밤 울려 퍼지는 비명에 방 안에 있던 J가 깜짝 놀라 뛰쳐나왔다.

"나, 나 합격이래"

나는 눈물이 그렁그렁한 눈으로 J에게 합격 소식을 알렸다. J와 함께 합격의 기쁨을 나누는 바로 그 순간, 나는 결혼식을 한 달 앞두고 퇴사를 통보받았던 일, 하염없이 인생의 방향에 대해 고민하고 잠 못 들던 밤들, 마침내 하고 싶을 일을 찾아 조금씩 발을 내디뎠던 지난날들이 주마등처럼 스쳐 지나가 눈에서 눈물이 흘러내렸다. J도 눈물이 그렁그렁한 눈으로 나를 안아 주며 잘했다고, 고생했다며 다독여 주었다. 디자인 강의를 들은 지 딱 1년 만에 얻은 값진 성과였다. 우리는 얼싸안고 기쁨을 나눴다. 그리고 그동안 미래에 대한 막연한 불안을 이겨내고 묵묵히 하루를 살아 준 과거의 나에게도 말을 건넸다.

고마워, 수고했어.

서로의
페이스메이커

디자인 대학원에 진학해서 3D 그래픽을 공부하겠다는 J의 계획은 나의 퇴사로 인해 무기한 미뤄졌었다. 갑자기 뚝 끊긴 가정의 수입을 책임지기 위해 전공과 관련 없는 직장에 들어가 몇 달간 일을 하기도 했지만, 얼마 다니지 못하고 퇴사한 후 다시 프리랜서로 돌아왔다. 퇴사 후 부랴부랴 대학원에 지원했지만, 결과는 불합격이었다. 계획한 대로 진행되지 않은 것이 J를 은연중에 움츠러들게 만들었는지 내가 대학원에 지원할 때 함께 지원하자고 제안했지만, J는 선뜻 그렇게 하지 못했다.

"거기 영어로 수업을 많이 한다며. 난 영어 수업 싫어. 영어로 피드백을 어떻게 해?"

J를 설득해 보려 했지만 J는 별안간 영어 핑계를 대며 거부했다. 커뮤니케이션이 불가능한 영어 실력이 아니었음에도 불구하고 J는 계속해서 방어적인 태도를 보였다. 그러는 사이 아이러니하게도 내가 먼저 대학원에 진학하게 되었다.

대학원 첫 학기는 흥미로운 일투성이었다. 디자인 프로젝트를 기획해서 진행해 보기도 하고, 디자인 철학을 정립해 보기도 했다. 그 과정에서 동기들과 피드백을 주고받으며 시야가 넓어지는 것을 느꼈다. 동기들은 내가 미처 생각지 못한 부분을 짚어가며 피드백해 주었다. 그러한 과정 속에서 성장하는 나를 보며 J도 함께했으면 좋았을 텐데 하는 아쉬운 마음이 들었다.

다음 대학원 접수 기간이 시작되자 나는 다시 한번 J를 설득했다. 내가 퇴사 후 디자인이라는 새로운 분야에 처음 발을 내디뎠을 때 뭐든지 해 보라던 J의 격려가 큰 힘이 되었던 것처럼 나도 J에게 어떻게든 도움을 주고 싶었다. 한 학기 먼저 대학원을 다녀 보니 학교 분위기, 교수님의 연구 분야를 상세히 알려 줄 수 있었다.

"이 교수님 엄청 창의적이신 데다 이쪽 분야에선 손꼽히는 분이래. 우리 학교도 한 번 지원해 봐."

J는 대학원에 다니는 내 모습이 자극이 되었던지 다시 대학원에 관심을 보이기 시작했다. 나는 먼저 대학원에 진학해 연구를 시작한 만큼 내가 배우고 발견한 내용을 적극적으로 공유해 주었다.

"통신 기술이랑 그래픽 기술이 이전보다 훨씬 발전했고 코로나19 때문에 직접 대면하기가 어려우니까 가상 공간에서 커뮤니케이션하는 게 점점 뜰 것 같아. 내년 트렌드 키워드 중에 '메타버스*'라는 단어가 있던데, 당신이 3D 그래픽 작업을 하니까 이런 트렌드도 계속 찾아보면 좋을 것 같아."

---

* 메타버스 : 가공을 뜻하는 메타(Meta)와 현실 세계를 뜻하는 유니버스(Universe)의 합성어.

내가 대학원에 합격한 지 반년 후, J 또한 한 학기 차이로 나와 같은 대학원에 진학했다. 영어가 걸려서 내가 다니는 대학원은 지원 못하겠다던 J는 자신의 수업 시간표를 몽땅 외국인 교수님 강의로 채웠다. 자신이 좋아하는 분야를 공부하기 위해 두렵다던 영어 수업 신청도 마다하지 않는 J를 보니 내가 그에게 도움을 준 것 같아 기뻤다. 우리는 서로 격려하고, 때로는 자신이 생길 때까지 기다려 주는, 그렇게 결국 원하는 길로 계속 나아갈 수 있도록 돕는 페이스메이커 같다는 생각을 했다.

요즘 우리는 함께 수업을 듣고, 과제를 하며 서로의 의견을 묻기도 한다. 때로는 거칠게 피드백할 때도 있지만 혼자 대학원에 다닐 때보다 더욱 빠르게 디자인 작업의 퀄리티를 높일 수 있게 되었다. 둘 다 디자인 비전공자지만, 운이 좋게도 같은 분야로 함께 뛰어들어 서로의 피드백으로 한층 더 성장하는 관계가 되었고, 지금처럼 계속 서로의 페이스메이커가 되어 준다면 앞으로 더 성장할 것임을 믿어 의심치 않는다.

우리 집 혼수는
플레이스테이션

우리 집에는 결혼할 때 내가 혼수로 해 온 플레이스테이션이 있다. 이렇게 말하면 대부분 내가 게임 마니아인 줄 알지만, 사실 나는 게임을 싫어하는 사람이었다. 정확히는 '게임을 좋아하는 사람을 싫어하는 사람'. 그런 내가 혼수로 플레이스테이션을 사게 된 데는 조금 뜬금없는 이유가 있다.

대학 시절 교환 학생으로 한 학기 정도 미국에서 지낸 적이 있었다. 교환 학생으로 간 학교는 미국 대도시와는 제법 떨어진 작은 마을에 위치해 있었던 터라 대부분의 학생이 백인이었으며 아시아계 학생은 찾아보기 힘들었다. 그런 학교에 교환 학생이 아닌 정규 학생(full-time student) 한국인 언니가 있었다. 언니는 미국인과 결혼해 학교 근처에 살고 있다고 했다. 그 동네에 한국인이 몇 없다 보니 우리는 금방 친해졌다. 이따금 언니는 신혼집에 초대해 식사를 대접해 주기도 했다. 나는 바로 거기서 '그것'을 만났다.

엑스박스(XBox).

나는 언니의 신혼집에서 처음으로 콘솔 게임이란 것을 경험해 봤다. 그전까지 게임은 좋지 못하다는 생각이 컸는데, 여럿이 같은 화면을 보며 함께 춤을 따라 추거나 장애물을 피하는 게임은 굉장히 즐거웠다. 남편과 가끔 이렇게 게임을 즐긴다고, 웃으며 말하는 언니의 모습도 정말 행복해 보였다.

'나도 결혼하면 이런 게임기를 사야지.'

그때부터였던 것 같다. 게임에 문외한이던 내가 결혼하면 반드시 콘솔 게임기를 신혼집에 들이겠다는 로망이 생긴 것이 말이다. 그로부터 8년 뒤 시간이 흘러 기억은 희미해져도 로망은 희미해지지 않는지, 나는 혼수로 플레이스테이션을 구입했다. J는 혼수로 플레이스테이션을 들이는 것에 대찬성하는 것은 물론, 게임기가 집에 도착한 날에는 신이 나 인스타그램에 게임기를 구매했다고 사진까지 찍어 자랑했다.

형 결혼하면 어차피 못할 건데 뭐 하러 샀어.

하지만 인스타그램에 달린 댓글에는 그런 J를 애도하는(?) 댓글이 많았다. 지인들은 J가 나 몰래 게임기를 샀다고 생각하는 모양이었다. 그럴 만했다. 왜, 연인이 서로의 게임 취미를 이해하지 못해 다투는 이야기를 심심찮게 들을 수 있지 않은가. 사실 나조차도 어렸을 때는 게임을 싫어했다. 그게 뭐가 재미있다고, 우르르 몰려다니며 오락실과 PC방을 가는 친구들을 이해하지 못했다. 선생님도, 부모님도 게임은 좋지 않다고 말했고, 많이 하면 혼나는 게 능사였기에, 내게 게임은 '나쁜 취미'라는 인상이 강했다.

교환 학생 당시 만났던 한국인 언니 덕분에 여러 명이 함께 즐기는 게임도 있다는 것도 알게 되었지만, 여전히 게임을 좋아하는 사람에게 반감이 있었다. 게임에 너무 몰입한 나머지 일상에 지장이 생겼다거나 연인과의 관계를 그르쳤다는 이야기를 주변에서 워낙 많이 들었기 때문이다. 그런데 사실 J가 딱 그런 사람이었다. 게임을 많이 좋아하는 사람. J에게 게임은 즐거운 취미였고, 내가 생전 처음 들어 보는 게임도 두루두루 섭렵한 사람이었다. 그야말로 내가 싫어해야 하는 사람인데, 우습게도 내 게임에 대한 편견을 바로 그런 J가 깨뜨려 주었다.

J는 한때 배틀그라운드라는 FPS 게임*에 푹 빠져 있어서 종종 친구들과 PC방을 찾아 게임을 즐기곤 했다. 하지만 주변에서 흔히 들리는 이야기와 달리 J는 게임을 하는 와중에도 언제나 내 전화를 잘 받았다.

---

* FPS 게임 : First-Person Shooter 게임. 1인칭 시점에서 총기류를 이용해 전투하는 게임.

"게임 중인데 통화 괜찮아?"

"게임하느라 바쁜 거랑 자기 전화 받는 거랑 무슨 상관이야?"

그럴 때면 핸드폰 너머로 같이 게임하는 친구들의 아우성이 들렸지만, J는 아랑곳하지 않았다. 오히려 내가 얼른 게임에 집중하라고 전화를 끊을 정도였다. J는 항상 무엇이 중요한지 생각했고, 자기가 정한 우선순위를 어기는 법이 없었다.

그런 J를 보며 조금씩 게임에 관한 인식이 바뀌었다. 게임이 더 이상 우리 관계의 방해물이 아니라는 생각이 들었다. 옆에서 J가 하는 것을 구경하면서 어떨 때는 재미있어 보이기도 했다. 그래서 하루는 J에게 같이 게임하자고 내가 먼저 말을 꺼냈다. 궁금하기도 했고, 사랑하는 사람과 함께 취미를 공유하고 싶다는 J의 소원을 이루어주고 싶었기 때문이었다.

"캐릭터가 뛰는 방향과 카메라 시선의 방향을 일치시켜야지. 왜 계속 뒤를 보면서 앞으로 뛰고 있는 거야?"

"응? 뭐가 잘못된 거야?"

처음에는 J가 하는 걸 보고 그리 어렵지 않겠다 싶었는데, 막상 해 보니 쉽지 않았다. 그때까지 제대로 해 본 게임이라고는 초등학생 때 했던 포켓몬스터가 전부였던 내게 배틀그라운드는 너무 어려운 게임이었다. 어설프게 뛰는 내 캐릭터가 우스웠던지 J는 자지러지게 웃음을 터뜨렸다. 마우스 컨트롤이 익숙지 않았던 나는 도무지 J의 지시를 이해할 수 없었다. 예를 들면, 등 뒤에 적이 있는지 확인할 때는 잠시 고개를 돌렸다가 다시 앞을 보라고 하는데, 빠르게 휙휙 돌아가는 시선에 어디가 앞인지 뒤인지 구분이 안 됐다. 그래서 내 캐릭터는 앞을 보고 뛰지 않았다. 그렇게 몇 번 더 게임을 해 봤지만, 아무래도 어려워 결국 포기하고 말았다. 하지만 익숙지 않아 답답했을 뿐이지, 게임 자체는 꽤 재미있다고 느꼈다. 그래서 플레이하는 대신 유튜브에서 게임 플레이 영상을 조금씩 찾아보았다. 혼자서 수십 명을 이기는 영상에 감탄하기도 하고, 프라이팬으로 총알을 막는 등 말도 안 되는 방법으로 살아남는 영상에 낄낄대기도 하면서 J와 게임 이야기를 나누었다.

　그렇게 한동안 게임을 하지 않다가 플레이스테이션을 사고부터 다시 조금씩 게임을 하기 시작했다. 플레이스테이션을 구입하고 처음 한 게임은 '어쌔신 크리드 오디세이'였다. 고대 아테네와 스파르타를 배경으로 한 세계에서 용병이 되어 다양한 미션을 수행하는 게임이었다. 처음에는 J 옆에서 구경만 하다가 재미있어 보여서 도전해 봤다. 처음에는 쉽지 않았다. 조이스틱이 익숙지 않아 마음먹은 대로 움직여지지가 않았기 때문이다.

　"피해, 피해. 피하라고! 아, 아쉽다."

　"아. 또 죽었네."

　피할 타이밍을 못 잡아 같은 적에게 수십 번을 죽었다. 그러다 보니 오기가 생겼고, 결국 게임에 몰입하기 시작했다. 그렇게 다시 삼사십 번 정도 죽고 나니 어느 정도 감이 잡혔고, 결국에는 나를 괴롭히던 적을 이길 수 있었다. 그때의 짜릿한 손맛이란.

　'아, 이것이 인간 승리라는 것인가!'

한 번 게임에 적응하니 그다음부터는 게임에 훨씬 몰입이 잘 됐다. '어쌔신 크리드 오디세이'의 엔딩을 본 뒤에는 '스파이더맨', '디트로이트: 비컴 휴먼', '라스트 오브 어스' 등 J가 추천하는 명작 게임을 하나하나 해 나갔다. 그렇게 게임을 하고 나니, 게임에 대한 오해가 얼마나 바보 같았는지 알 수 있었다. 예전에 게임은 싸우고 죽이고 레벨 업하고 장비를 맞추는, 그저 단순한 작업의 반복이라고만 생각했는데, 실제로 해 보니 게임에도 심오한 메시지를 담은 시나리오가 있었고, 이는 탄탄한 전개를 자랑하는 영화와 견주어도 손색이 없어 보였다.

이래서 뭐든지 직접 경험해 보는 게 중요하다는 말이 있는 모양이다. 만약 내가 게임을 해 보지 않았더라면, 여느 집처럼 J의 취미 생활을 이해하지 못했을 것이다. 그것이 마찰이 되어 서로 다투는 계기가 됐을 수도 있었으리라. 그렇게 내가 싫어했던 게임은 나의 소중한 취미 중 하나가 되었다.

J의 수영 도전기

나는 어릴 때부터 매년 여름이면 가까운 바다에 가서 물장구 치며 해수욕을 즐길 정도로 물을 좋아했다. 내가 중학교 1학년 방학을 맞이했을 때 엄마와 나, 그리고 동생까지 우리 세 모녀는 물에서 좀 더 제대로 놀기 위해 수영 강습을 신청했다. 나는 자유형과 배영까지 터득했지만, 학기가 시작되면서 학교생활에 치여 평영과 접영은 배우지 못했고, 그게 항상 아쉬움으로 남아 있었다.(엄마와 초등학생이던 동생은 계속 강습에 나가 평영과 접영까지 모든 영법을 마스터했다.)

회사에 다닐 때는 잦은 야근으로 인해 수영을 배우고 싶어도 시간을 내기 어려웠던 터라 퇴사하자 수영 강습이 받고 싶어졌다. 나는 J에게 함께 수영을 배우러 다니자고 제안했지만, 그는 굉장히 부정적이었다.

"나는 물 싫어. 아주 어렸을 때 수영장에 갔다가 깊은 곳에 빠진 적도 있고, 얕은 곳에 가더라도 물만 많이 먹고…… 나는 물이랑은 안 맞는 거 같아."

"아니야, 나도 처음에 게임 잘 못했는데 이제는 능숙하게 할 수 있게 된 것처럼 당신도 배워 보면 잘할 수 있을 거야. 당신이랑 함께 수영 배워서 휴가지 가서 수영하면서 놀고 싶어. 응?"

J는 나의 진득한 설득에 못 이겨 수영을 배우기 시작했다. J는 물이 싫었지만 함께 공유할 수 있는 취미를 하나 더 만드는 게 중요하다고 생각했다. 나와 같이 게임을 할 수 있게 된 경험이 크게 작용한 듯했다.

우리는 같은 시간, 다른 레인에서 각각 초급반과 중급반을 수강했다. J는 물에 적응하기까지 시간이 걸렸다. 어릴 때 중이염을 앓은 경험이 있어서인지 귀에 물이 들어가는 것에 예민하게 반응했다. 잘 가다가도 귀에 물이 들어간 것 같으면 신경이 쓰인 나머지 계속 멈춰 섰다가 출발하기를 반복했다.

"수영하려면 귀가 물에 잠기는 건 어쩔 수 없는데…… 그래야 몸이 물에 뜨거든. 내가 봐 줄 테니까 같이 연습해 보자."

나는 J가 물에 적응할 수 있도록 나름의 팁을 전수하려 노력했지만 쉽지 않았다. 가장 먼저 배우는 영법인 자유형은 물 속에 있던 고개를 물 밖으로 살짝 틀면서 호흡을 내뱉어야 하는데 이 과정에서 귀에 물이 들어가기 쉬웠다. J는 매번 수업 때마다 고전했고, 나는 너무 어려운 취미를 공유하자고 한 것은 아닌지 괜히 미안한 마음이 들었다. J는 여전히 물과 내외했지만, 오기가 생긴 것인지 고맙게도 꾸준히 같이 강습에 참여해 주었다. 시간이 지날수록 완벽하진 않더라도 조금씩 멈춰서는 횟수가 줄어들었다.

그렇게 한 달이 지나고, J의 초급반은 평영으로 진도를 이어나갔다. 그런데 왠걸, J는 자유형 때와는 달리 물 만난 고기처럼 평영을 손쉽게 터득했다. 평영은 자유형과는 달리 호흡 시 귀에 물이 잘 들어가지 않기 때문이었다.

"평영을 할 때는 귀에 물이 안 들어가서 훨씬 수월해."

능숙하게 평영으로 헤엄치는 J를 보고 있자니 그의 어릴 적 별명이기도 한 개구리처럼 보였다.

"당신 별명이랑 딱이네!"

평영을 어느 정도 익힌 J는 마침내 한 번도 멈춰 서지 않고 레인 끝에 도착했다. 강습이 끝난 후 J는 한껏 상기된 표정으로 내게 달려와 자랑했다.

"혹시 아까 봤어? 나 이제 한 번에 레인 끝까지 갈 수 있어!"

그 이후로 J는 강습이 끝난 뒤에도 계속 수영 연습을 하느라 밖에 나오지 않았다. 터득한 걸 몸에 더 익히고 싶다는 이유였다. 물이 싫어서 수영장에 가기 싫다던 J가 맞는지 의심스러웠다.

"나 수영 배우길 잘한 것 같아."

여느 때처럼 강습을 받고 돌아오는 길에 J가 말했다. 이유인즉, 물을 싫어했던 과거의 자신을 극복해서 기분이 좋다고 했다.

"물이 싫다는 이유로 한 번도 수영을 배워 볼 생각을 못했는데, 당신 덕분에 이제 수영을 할 수 있게 되었네."

J는 땀이 많이 나는 편이라 어떤 운동을 해도 온몸이 땀으로 흠뻑 젖고 불쾌해 운동하기를 꺼렸다. 그런데 수영은 운동하는 내내 차가운 물속에 있으니 다른 운동보다 쾌적하다고 했다. 그런 그를 보니 함께 수영을 배워 보자고 설득한 나도 덩달아 뿌듯했다.

우리 사이엔 묘한 룰이 존재한다. 상대가 기꺼이 배려해 준 만큼, 똑같이 상대방에게 베푸는 것이다. 내가 J와 함께 취미를 공유하기 위해 잘 못하던 게임에 적응하려 했던 것처럼, J도 나를 따라 수영을 배웠다. 그 결과 우리 사이에 더욱 단단한 신뢰가 생겼다. 내가 원하는 것을 상대방에게 맘 편히 이야기할 수 있고, 자유롭게 공유할 수 있다는 신뢰 말이다.

자연스러운
내 모습

과거의 나는 외모에 대한 자기 검열이 심했는데, 그 원인은 다름 아닌 엄마였다. 엄마는 자신이 살면서 겪어 온 외모에 대한 냉혹한 평가를 딸이 똑같이 겪을까 내가 어렸을 때부터 남들의 웃음거리가 되지 않도록 수시로 검사했다. 살이 찐 건 아닌지, 오늘 눈썹이 잘못 그려져서 우스꽝스럽진 않은지, 블러셔가 과하진 않은지, 옷은 어울리게 입었는지, 출근하기 전 아침 식사 때마다 나를 확인했다.

엄마는 살면서 타인의 시선과 무심코 던지는 말들에

많은 상처를 입었다고 했다. 엄마가 해 준 이야기 중 가장 기억에 남는 것은 엄마가 동생을 낳고 얼마 지나지 않았을 때의 일이다. 엄마는 출산 휴가 후 복귀하기 전, 그전까지 입던 옷이 맞지 않아 옷을 사러 갔다. 엄마는 동생을 낳느라 크게 고생했지만, 산후조리조차 제대로 하지 못해 몸이 많이 부어 있는 상태였다. 한 옷 가게에 들어서자 가게 주인이 위아래로 불쾌하게 훑으며 이렇게 말했다.

"여기 아줌마 입을 옷 없어요."

당신이 입을 사이즈 따위 없으니 나가라는 것이었다. 생명을 위해 감내한 가치 있는 흔적임에도 불구하고 세상은 그저 겉으로 보이는 것만 평가했다. 그날은 두고두고 엄마에게 큰 상처가 되었다. 그런 일들을 통해 외모 강박을 지니게 된 엄마 밑에서 자란 덕분인지, 나 역시 그런 강박이 생겼다. 지나치게 남들의 시선을 신경 썼고, 흐트러진 모습을 보여 주는 것이 남들에게 내 약점을 알리는 거라고 생각했다. 그것은 굉장히 피곤하고 슬픈 일이었다.

하지만 다행히 서울로 올라와 자연스레 엄마의 평가에서 멀어지고, 퇴사하고 내가 좋아하는 것을 찾아가면서 그런 강박이 조금씩 옅어졌다. 그 변화는 핸드폰 사진첩을 채운 내 사진들을 보면 확연히 알 수 있다. 본가에서 A대학에 다닐 때의 사진을 보면 나는 꽃무늬 블라우스에 검은색 슬랙스를 사원복처럼 입고 있다. 계절이 바뀔 때마다 엄마와 함께 백화점 쇼핑을 가서 한두 벌씩 사 모은 옷들. 그런 옷들은 신체 라인에 딱 맞게 재단되어 있다.

B대학에 입사하고서 서울에 자취를 시작하고부터는 그래도 옷차림이 많이 자연스러워졌으나, 그래도 입던 옷이 편하다고, 체감될 만큼 큰 변화는 없다. 그러다 나의 패션에 큰 변화를 일으킨 사건이 있었으니, 바로 신혼여행 직후 투 블록을 한 일이다. 이는 결혼하기 전부터 계획하던 것이었는데, 나는 결혼과 함께 시작되는 인생의 2막에 색다른 포인트를 주고 싶었다. 그것은 평소 내가 나아가고자 하는 방향을 되새기는 일이었고, 결혼 후 사회로부터 요구당할 기혼 여성의 프레임에 따르지 않겠다는 소심한 반항의 의미도 내포하고 있었다.

투 블록 컷은 겉보기에도 만족스러웠지만, 무엇보다 머리를 감는 데 얼마 걸리지 않는다는 것이 너무나도 좋았다. 긴 머리와 비교하면 손에 잡히는 머리카락이 없으니 머리 감는 시간이 어마어마하게 단축될뿐더러, 수건으로 탁탁 털기만 하면 금방 머리가 마르니 말리는 시간도 엄청 단축됐다. 아니, 머리를 감고 말리는 게 이토록 빠르고 손쉽다니. 샴푸는 코딱지만큼 짜서 써도 충분했고, 머리가 너무 짧아 린스를 하지 않아도 머리카락이 엉킬 일이 없었다. 이렇게 좋은 걸 그동안 누리지 못하고 있었던 건가. 긴 머리로 인해 지난날 고생했던 일들이 주르륵 스쳐 갔다.

투 블록을 하고 나니 화장을 해야 한다는 부담도 많이 덜었다. 긴 머리일 때는 화장을 하지 않으면 해야 할 일을 하지 않은 사람이 된 것 같았는데, 머리를 자르고 난 후론 메이크업 대신 안경만 써도 스타일을 완성할 수 있다. 립스틱을 바르고 화장한 모습이 오히려 더 어색해 보여서 꾸밈 노동의 필요성도 적어졌다. 덕분에 외출 준비 시간도 대폭 단축되었다.

옷은 꽃무늬 대신 민무늬, 몸에 맞게 재단된 것 대신 헐렁하다 못해 펑퍼짐한 것을 입기 시작했다. 출근할 때 절대 입지 못했던 청바지를 원 없이 입고, 바지 허리는 주먹 한 줌이 더 들어갈 정도로 넉넉한 사이즈를 입는다. 그 외에도 가죽 재킷 등 이전에 시도해 보지 않았던 옷들을 시도해 보며 내게 편하면서도 어울리는 옷을 하나씩 찾아 나가고 있다. 최근 핸드폰 사진첩 속 나는 정말 자연스러운 모습을 하고 행복하게 웃고 있다.

이런 급작스러운 변화에 엄마는 이따금 이해할 수 없다는 반응을 보일 때가 많다. 하지만 격렬히 거부 반응을 보이시진 않는다. 이제는 나를 독립된 한 사람의 어른으로 봐 주시기도 하고, 그게 아니라도 나를 혼내기에는 너무 멀리 사니까. 솔직히 말하자면, 나답게 사는 데는 부모님으로부터 물리적으로 분리되는 것이 어느 정도 도움이 되는 것 같다. 머리를 내 맘대로 자르고 화장도 안 하고 선머슴처럼 다니더라도 한두 번의 통화면 끝날 일이 되니까 말이다.

아, 여담이지만 투 블록 후 3년이 지난 지금, 나는 단발머리를 고수하고 있다. 이런 결정을 내린 데는 경제적인 요건이 크게 기인했다. 긴 머리일 때는 몰랐지만, 머리가 짧을수록 미용실에 더 자주 가야 해서 미용실에 쓰는 비용이 오히려 더 늘어났기 때문이다. 짧게는 3주, 길면 한 달마다 미용실을 가자니 돈이 아까웠다. 그리고 돈도 돈이지만, 이제는 헤어스타일보다 내가 나임을 드러내는 데 나의 태도나 마음가짐을 다잡는 게 더 큼을 알기 때문이기도 하다. 내가 앞으로 어떤 모습을 하든지 나는 내게 부끄럽지 않은 나로 살아가려 한다.

뭐라도
프로젝트

여기까지 글을 읽은 사람이라면 모두 알겠지만, 내가 나로 살아가는 데 가장 큰 힘이 되어 준 것은 누가 뭐라 해도 J였다. J는 내가 무슨 말을 하든, 무슨 행동을 하든 늘 지지하고 응원해 주었다. 그 덕분에 나는 어떤 상황에서도 무조건적인 내 편이 있다는 것이 사람을 어떻게 변화시키는지를 몸소 체감했다. 함께 거친 세상을 헤쳐 나가는 동료이자 동반자가 J라는 것이 얼마나 행운인지 모른다. J 덕분에 나는 많은 것을 배웠고, 어느 순간부터는 나도 그처럼 주변에 긍정적인 에너지를 전달

하고, 도움이 되는 사람이 되고 싶었다. 그래서 내가 어떤 걸 할 수 있을까 고민하다가 <뭐라도 프로젝트>를 진행해 보면 어떨까 하는 생각이 들었다.

<뭐라도 프로젝트>는 '니트 컴퍼니'라는 사회공헌 프로젝트를 벤치마킹한 것으로, 니트족, 즉 현재 무업 상태에 있는 청년들을 위한 가상 회사를 운영하는 것이었다. 회사의 운영 방식은 단 한 가지, 직원들이 사무실로 출근해 공부나 취업 준비 등 각자 할 일을 하는 것. 무업 기간 동안 청년들은 혼자 고립되는 경우가 많은데, 니트 컴퍼니는 바로 그런 이들이 공동체 안에서 격려와 지지를 받고, 무업 기간 중의 활동을 지원받아 자립할 수 있도록 돕는 사회단체다. 나는 이 <뭐라도 프로젝트>를 통해 과거 나처럼 도움이 필요하고 의지할 곳이 필요한 사람들을 돕고 싶었다. 승무원 준비를 하던 시절, '뭐라도 하고 있다'는 말로 스스로를 위안하다 결국엔 무너져 버린 나였다. 그때의 나와 같은 이들에게 그건 나쁜 게 아니다, 지금 우리가 할 수 있는 일을 하다 보면 앞으로 나아갈 동력을 얻을 수 있을 거라는 힘을 주고 싶었다.

그렇게 시작된 <뭐라도 프로젝트>의 현 멤버로는 사업자를 냈지만 지속적인 수입이 없는 나, 나와 함께 대학원에 진학하면서 일을 멈춘 J, 그리고 퇴사 후 앞으로의 방향을 고민하던 황 전무가 있다. 황 전무는 우리와 공유 오피스에서 만나 친해진 사이로, 입사한 지 6개월 만에 계약 만료로 퇴사한 후, 무엇을 해야 할지 몰라 방황하던 중이었다. 나는 그녀에게서 예전의 내가 보여 <뭐라도 프로젝트>에 끌어들였다.

그렇게 모인 우리 세 사람은 <뭐라도 프로젝트>를 통해 온갖 일들을 벌였다. 내가 차 대표, 다른 두 사람은 각자 황 전무, 안 상무가 되어 매주 주간 업무 회의 시간도 가지며 진짜 회사를 운영하듯 시간을 보냈다. 우리는 소통 시 반말을 사용했다. 안 상무와 나는 30대, 황 전무는 20대로 비록 나이 차이가 났지만, 서로 편하게 피드백해 주기 위해서는 서로 간의 위계를 지우는 것이 필수적이라 생각했고, 그 방법으로 반말을 사용했다. 처음에는 반말을 어색해하던 황 전무도 이내 완벽히 적응했다.

업무 시간에는 각자 하고 싶은 일을 했는데, 영상이 주

전공인 J는 테이프를 디지털 파일로 변환하는 작업을 하며 과거의 추억을 차곡차곡 정리했다.(덕분에 그의 초등학교 입학식 영상이나 시부모님의 결혼식 영상을 볼 수 있었다.) 또한, '메타휴먼'이라는 플랫폼을 이용해 가상 인간을 만들고 자신의 모션 캡처를 통해서 메타버스의 유행에 걸맞은 3D 아바타도 탄생시켰다. 그림을 잘 그리는 황 전무는 팀 멤버의 프로필 일러스트를 그리기도 하고, 오일 파스텔을 이용한 그림 그리기 클래스를 열어 나와 J에게 그림을 가르쳐 주기도 했다. 나는 <뭐라도 프로젝트>의 인스타그램을 운영하고, 멤버들의 활동을 브런치와 인스타그램에 기록했다. 우리는 영상, 그림, 글, 서로 다른 영역에서 강점을 갖고 있어 서로 자신이 잘하는 걸 했고, 이따금 서로 가르쳐 주기도 했다. 다른 팀원의 강점은 내가 잘하는 분야가 아니었기에, 우리는 서로의 작업을 터치하지 않았고 그저 칭찬만 했다.

특히 나와 J는 황 전무의 작품에 유독 칭찬을 아끼지 않았다. 앞으로의 진로에 고민이 많던 황 전무는 자꾸 자신의 그림을 별로라고 말했기 때문이다.

"황 전무님 그림 진짜 너무 좋다. 다운로드해서 핸드폰 배경 화면으로 하고 싶어."

"이 정도는 아무것도 아니야. 나보다 훨씬 잘하는 사람들 많아."

우리가 칭찬할 때마다 황 전무는 어두운 얼굴로 고개를 저었다. 영혼 없는 칭찬도 아니고 정말 감탄해서 하는 말인데도 자신의 실력을 의심했다. 우리가 그림이 좋으니 인스타그램에 올려 보라고 해도 다른 사람으로부터 평가받는 것이 두려워 계속 미루었고, 그림이 좋으니 굿즈로 만들어 보자는 이야기를 꺼내도 계속 자신이 부족하다고 거절했다. 지켜보는 내가 다 안타까웠다. 분명 재능이 있는데! 그러던 어느 날, 황 전무를 안타까워하는 내게 J가 말했다.

"당신이 딱 저랬어."

"아, 그래? 내가 저랬구나……."

그 말에 지난날의 내가 떠올랐다. 늘 해 보기도 전에 부정적인 생각을 앞세우던 나를. 문득 내가 왜 황 전무를 데려왔는지 떠올랐다. 그녀의 위로 내가 겹쳐져서…….

나는 그런 그녀에게 J가 되어 주고 싶었다. 나를 믿어 주는 사람이 있어 내가 달라졌듯, 그녀를 믿음으로써 변화할 수 있도록 도와주고 싶었다. 그래서 어떻게 하면 그녀에게 도움이 될까 고민하다가 때마침 유행하던 메타버스 플랫폼을 떠올렸다.

"우리 '게더타운*'에서 각자의 작업물로 온라인 전시회를 열어 볼까?"

메타버스 플랫폼이 점점 각광을 받기 시작하면서, 그곳에서 전시회나 공연을 여는 사례가 점점 늘어가는 추세였다. 마침 J가 그쪽 분야에 해박하기도 하고, 비용이나 코로나 때문에 오프라인 전시를 하기에는 무리였던 터라 그런 식으로 한 번 도전해 보면 어떨까 싶었다. 다행히 황 전무도 '게더타운'이라는 플랫폼이 재미있어 보였는지, J와 나의 끈질긴 설득에 드디어 찬성해 주었다. 하지만 당장은 개강이 코앞으로 다가와 시간이 없었기에

---

* 게더타운 : 가상 사무실 플랫폼. 화상회의가 가능하며 유저의 취향에 맞게 공간을 꾸밀 수 있다.

우리는 바로 그다음 방학에 맞춰 6개월 후 전시를 진행하기로 했고, 지금까지 열심히 준비 중이다.

한 번씩 사회생활을 하던 시절의 나와 현재의 나를 비교해 보곤 한다. 나는 어도비의 디자인 프로그램인 일러스트레이터, 포토샵, 인디자인을 제법 능숙하게 다룰 수 있게 되었다. 클라이언트로부터 실제 디자인 작업을 의뢰받아 처리하기도 한다. 사업자를 내고 대표가 되었고 각종 인사 및 세무 업무를 외부에 맡기지 않고 혼자서 척척 해낸다. 바이럴 영상 제작 의뢰가 들어와서 배우, 촬영장 섭외 등 프로덕션 업무를 경험하기도 했다. 어릴 때 배우다 만 수영을 다시 시작해서 몇 달 뒤 고급반으로 올라갔고, 자유형과 배영만 할 줄 알았는데 평영과 접영을 할 수 있게 되었다. 브런치에 글을 쓰기 시작했고 첫 글부터 포털 사이트 메인에 노출되며 많은 사람들이 내 글을 읽었다. 바느질에는 영 재주가 없지만, 대신 미싱을 배워 조금은 서툴더라도 이것저것 만들 수 있게 됐다.

이러한 비교 속에서 일상에서 소소한 성취를 이뤄내고

있는, 더 멋있어진 지금의 내가 보인다. 지구가 자전하는 속도는 시속 1,300km라고 한다. 그런데 그 안에 살고 있는 우리는 전혀 그 속도를 느끼지 못한다. 우리의 성장도 지구의 자전과 같다고 생각한다. 과거의 자신과 비교해 보면 매일 조금씩 더 나은 사람이 되고 있다. 다만 그 속도를 체감하지 못할 뿐. 나는 앞으로도 계속 성장해 갈 나, 그리고 우리를 응원하고 사랑하고자 한다.

WIFE & HUSBAND
FEMINIST LIFESTYLE

에필로그

J와 연애하던 시절, 그에게 왜 페미니즘을 공부하는지 물은 적이 있다. 그때 J의 대답은 조금 의외였는데, J는 '나답기 위해서' 페미니즘에 관심을 가지고 알아가고 있다고 했다. 여성도 아닌 남성 J 입에서 나온 그 답변은 나로 하여금 페미니즘의 의미를 되새겨보게 했다.

우리는 부부가 함께 페미니즘을 공부한다. '공부'라고 해서 특별한 것을 하는 것은 아니다. 그저 현재 한국 사회에서 화두가 되고 있는 페미니즘 이슈를 따라가고 우리의 생각을 정리해 나가는 것, 페미니스트 내 쟁점에 관해 거리낌 없이 서로의 의견을 나누고 논의하는 것, 그리고 이렇게 형성된 우리만의 자아를, 어떠한 외부의 압박이 있더라도 관철해 나가는 것. 그것이 우리 부부만의 페미니즘 공부이다. 우리는 이러한 과정 속에서 나다운, 우리다운 모습을 찾아가고 있다.

이 책에서는 우리가 함께 성장하고 변화해가는 모습을 자연스럽게 보여 주고 싶었다. 최근 '페미니즘' 하면 다양한 매체와 커뮤니티에서 워낙 자극적으로 다루는 경우가 많다 보니 잔잔하게 흘러가는 우리의 삶을 보고 '이게 무슨 페미니즘이야!' 하고 조금은 불편하게 생각하는 사람도 있을지 모르겠다. 나에게 있어 페미니즘은 수동적이고 방어적이었던 과거의 내가, 외부의 영향에서 벗어나 진짜 내 모습을 찾아갈 수 있도록 도와준 '삶'의 기제이다. 그리고 그 곁에는 J가 있었다. 우리는 '결혼'이라는 제도를 우리가 안정적으로 함께 있기 위한 수단으로 이용했고, 그 안에서 '계속된 성장과 발전'이라는 공동의 목표를 향해 나아가고 있다. 우리에게 페미니즘은 라이프스타일이다. 우리의 모습이 단 몇 명 부부에게라도 작은 변화의 불씨가 된다면 이보다 바랄 것이 있겠는가.

출판사로부터 출간 제의를 받은 건 유독 무더웠던 2021년 여름, 대학원 방학이 절반 정도 지났을 무렵이었다. 내가 브런치에 기고한 글을 보고 출간을 해 보면 어떻겠냐고 연락이 왔다. 언젠가 내 이름으로 된 책 한 권을 출간하는 것은 인생의 첫 번째 버킷리스트였다. 그런데 벌써 실현이 된다고? 내 책이 세상에 나온다니, 들뜨는 마음을 주체할 수가 없었다.

출판사와 미팅을 하러 가기 전날, 디자인 대학원에 합격한 뒤 만들어 둔 명함을 서랍에서 꺼냈다. 디자이너로서 미팅이 잡혔을 때 쓰겠다며 호기롭게 만들었으나, 딱히 쓸 일이 없어서 서랍에 묵혀 두기만 한 명함이었다. 만든 지 1년 만에 꺼낸 명함에는 내 이름 밑에 '디자이너'뿐만 아니라 '작가'라는 문구가 선명히 새겨져 있다. 깜짝 놀랐다. 명함 제작 당시 언젠가 책을 출간하게 되길 희망하며 '작가'라고 적은 것을 새까맣게 잊고 있었다. 그런데 그게 현실이 되다니…… 출판사와 미팅을 하고, 출판 계약서를 쓰고 나서도 이것이 꿈인지 생시인지 한동안 얼떨떨했다. 출간 계약 후 개강하면서 마감하랴,

과제 하랴, 논문 주제 발표하랴 눈코 뜰 새 없는 시간을 보냈다. 밤을 새워 글을 쓰고 과제 하느라 힘들기도 했지만, 좋은 편집장님을 만나 이렇게 무사히 책을 출간하게 되어 보람차고 기쁘다.

이제 디자인 대학원 석사 과정은 곧 마지막 학기를 앞두고 있다. 나와 J는 함께 수업을 들으며 메타버스니, NFT니 관심 있는 주제로 이야기를 나누다 논문 주제의 방향도 어렵지 않게 정했다. 서로의 작업에 대해 때로는 잔인할 정도로 피드백을 주고받지만, 이럴 때는 함께 대학원에 진학하길 잘했다는 생각을 한다. 비록 통장 잔고는 위태롭지만, 우리 둘 누구 하나 한 개인으로서 성장을 놓지 않도록 각자의 작업을 응원하고 격려한다. 물론 여느 부부처럼 싸우기도 하고, 화해하기도 하면서 말이다.

가끔 우리 부부가 사는 모습을 보고 고개를 갸우뚱하는 사람, 말을 한마디 얹는 사람 등 조금은 부정적인 시선을 내비치는 이들도 있다. 하지만 우리가 함께하는 인생은 우리 둘만의 것. 우리가 알아서 잘 살게요!

**WIFE & HUSBAND
FEMINIST LIFESTYLE**

우리가 알아서 잘 살겠습니다

초판 1쇄 인쇄 | 2021년 12월 22일
초판 1쇄 발행 | 2022년 1월 5일

지은이 차아란 | **편집장** 강제능 | **담당편집** 김현석 | **디자인** 이승은
일러스트 다해 | **마케팅** 안지연 | **펴낸이** 이민섭 | **펴낸곳** 텍스트칼로리
발행처 뭉클스토리 | **출판등록** 2017년 4월 14일 제 2017-000022호
주소 서울특별시 영등포구 선유로27, 1212호 | **전화** 02-2039-6530
이메일 mooncle@moonclestory.com | **홈페이지** www.moonclestory.com

텍스트칼로리는 여러분의 소중한 원고를 기다리고 있습니다.

ISBN 979-11-88969-43-2(03810)

※ 잘못된 책은 구입하신 서점에서 바꾸어 드립니다.